金庸的江湖師友——金學群豪篇
一堂　金庸學研究叢書
Śūnyatā

書名：金庸的江湖師友——金學群豪篇
系列：心一堂　金庸學研究叢書
作者：蔣連根
責任編輯：心一堂金庸學研究叢書編輯室
封面設計：陳劍聰

出版：心一堂有限公司
通訊地址：香港九龍旺角彌敦道610號荷李活商業中心十八樓05-06室
深港讀者服務中心：中國深圳市羅湖區立新路六號羅湖商業大厦負一層008室
電話號碼：（852）90277110
網址：publish.sunyata.cc
電郵：sunyatabook@gmail.com
網店：http：//book.sunyata.cc
淘宝店地址：https：//shop210782774.taobao.com
微店地址：https：//weidian.com/s/1212826297
臉書：https：//www.facebook.com/sunyatabook
讀者論壇：http：//bbs.sunyata.cc

版次：二零二零年七月初版

平裝

定價：港幣　一百四十八元正
新台幣　五百九十八元正

國際書號　978-988-8583-36-2

香港發行：香港聯合書刊物流有限公司
香港新界大埔汀麗路36號中華商務印刷大廈3樓
電話號碼：（852）2150-2100　傳真號碼：（852）2407-3062
電郵：info@suplogistics.com.hk

台灣發行：秀威資訊科技股份有限公司
地址：台灣台北市內湖區瑞光路七十六巷六十五號一樓
電話號碼：+886-2-2796-3638　傳真號碼：+886-2-2796-1377
網絡書店：www.bodbooks.com.tw
台灣秀威讀者服務中心：
地址：台灣台北市中山區松江路二〇九號1樓
電話號碼：+886-2-2518-0207
傳真號碼：+886-2-2518-0778
網址：www.govbooks.com.tw

中國大陸發行 零售：深圳心一堂文化傳播有限公司
地址：深圳市羅湖區立新路六號羅湖商業大厦負一層008室
電話號碼：（86）0755-82224934

心一堂微店二維碼

心一堂淘寶店二維碼

目錄

總序

《詩經》寫道：「嚶其鳴矣，求其友聲。」鳥兒呼叫也是在尋找友誼，何況人呢！何為「朋友」？就是「同門曰朋，同志曰友；朋友聚居，講習道義」。

莊子講過一則寓言：有兩條魚生活在大海裡，某日，被海水沖到一個淺淺的水溝，只能相互把自己嘴裡的泡沫餵到對方嘴裡生存，這就是成語「相濡以沫」的由來，指的是「少年夫妻老來伴」的夫妻。但是，莊子說，這樣的生活並不是最正常最真實也最無奈的，真實的情況是，海水終於要漫上來，兩條魚也終於要回到屬於它們自己的天地，最後，他們要相忘於江湖。

相忘於江湖，江湖之遠之大，何處是歸處和依靠？人在江湖，總會有許多的無奈、寂寞、冷清。金庸說：「友情是我生命中一種重要之極的寶貴感情。」人生在世，總要或多或少地依靠來自自身以外的各種幫助——父母的養育、師長的教誨、朋友的關愛、社會的鼓勵……所「依」甚廣，所「靠」甚多。

在金庸生命的各個時期，他的身邊總是圍繞着一群人，一群愛他敬他，願意為他無私奉獻，助他一臂之力，在他需要時挺身而出，替他掃平障礙或是進行善後工作的朋友。若是沒有這樣一群鐵桿朋友在身邊，恐怕這個大俠必定當得十分吃力。所以說，金庸的生命離不開他的朋友圈，是一群朋友在背後默默支持他，才讓他成為大俠，在人前光鮮亮麗受人尊重，令人敬仰。也正是這樣一種深厚的情義，才襯托出了大俠的光輝形象。

二十世紀五十年代，在受殖民統治的香港，金庸虛實相間的新派武俠小說大大拓展了香港人閱讀的想像空間，縱深了歷史記憶。武俠行蹤在江南、中原、塞外、大理國、帝都之間鋪展游移；小說裡的人物與思想，在朝與野、涉政與隱退、向心與離心、順從與背叛、大義與私情之間尋求着平衡，思考着普遍的人性和古代歷史的規律。種種時局的因緣際會，在向來被視為「文化沙漠」的香港，開出了一朵絢爛的花。挾一腔豪情，聚千古江山。金庸創造的武俠世界氣勢恢宏、波瀾壯闊，布衣英雄熱血肝膽，重情重義，為國為民，震撼人心！他用豐富的學識和深厚的文化修養，宏大的氣魄和嫻熟的筆法，融歷史傳奇故事，寫華語文化傳奇！讀過金庸作品的人，肯定會在其刀光劍影中體會到友情的濃烈。金庸以生花妙筆描寫了人與人的形形色色的友情，那些路見不平拔刀相助、不打不相識、點頭之交、生死相許、忘年之交、超越性別的知己之交、危難之中的莫逆之交……無一不讓我們深深感動並心嚮往之。那些真情，在關鍵時刻經受住了考驗，變得更加堅不可摧，固若金湯，在經歷了劫難的洗禮後煥發出了人性高潔的光芒。

金庸的武俠小說為什麼能在華人中流行這麼廣泛，影響這麼深遠？究其根本，情節和歷史圖景是一回事，更深層的原因是金庸的武俠小說突出了一個乃至中華民族最關鍵的問題，那就是友誼的最核心問題——義氣！從生死相依到共創江山，從書劍恩仇到武林劍嘯時的惺惺相惜、傾囊相授，這種坦蕩和崇高，讓人看了熱血沸騰，這就是友情加上重義。金庸採取了一個完全不同的角度，他把負面化為正面，他寫神州大地的萬里河山，英雄人物任意馳騁其間，與天下豪傑互相結交，氣味相投，便成莫逆，一同出生入死，共謀大事。生活多麼自由，人生多麼豐富，只要朋友之間有情有義，世上的艱難險詐又有什麼可怕之處？

金庸說：「現在中國最缺乏的就是俠義精神。每個人，都是作為歷史長河中的一名過客，有個小朋友問我，來生願意做男人還是做女人，做郭靖還是做黃蓉？我說，不論做男人也好，做女人也好，都要做一個好人。我的所有作品都是宣揚俠義精神的，本意基本與打打殺殺的『武』無關……我主張現代人學俠義二字，是補課，是主張勇於承擔責任，擁有快意人生。俠義真的是個很遠大很美麗的世界。」「我喜歡那些英雄，不僅僅在口頭上講俠義，而且在遇到困難、危險的時候能夠挺身而出，而不是遇到危險就往後跑，我自己正是這樣努力去做的。遠離危險、躲在後面，這樣卑鄙的人在現實生活中卻有很多。」

金庸在台北參加遠流三十周年的演講時說：「台灣流行崇拜關公，關公的武藝高強沒有話說，但他真正受人崇拜，還在於他講義氣，所以民間社會稱他關公，他的地位和帝王爺同高。義氣在中國社會中是相當重要的品德，外國人和親朋好友講LOVE，中國人講情之外，還講義，所以要有情有義，單單有情是不行的。做生意談不成，沒關係，彼此之間的『義』還是在的，所謂『買賣不成仁義在』。武俠小說不管任何情況，這個『義』是始終維持的，歷史人物或武俠人物，『義』都是很重要的批評標準。」

很多看過金庸小說的人都喜歡去猜測，金庸最像他眾多小說主角的哪一個，是憨厚木訥的郭靖，是飛揚跳脫的楊過，是豪情萬丈的蕭峰，是優柔寡斷的張無忌，還是乖覺油滑的韋小寶……其實，任何一位小說主人公都只是金庸性格的一部分。知遇而知己，是金庸性格的體現。金庸雖然多次老實坦白自己與書中男主角並不相像，「我肯定不是喬峰，也不是陳家洛，更不是韋小寶」，但愛交朋友這一點，倒是毫無二致的。金庸大名滿天下，金庸朋友也是滿天下。

每個人背後都有他的故事，金庸寫的故事已家喻戶曉，而他自己和朋友們的故事，跟他的武俠小說一樣引人入勝。

這就是金庸自個兒的江湖：老師和朋友。——金庸的江湖師友

前言

在沈登恩遊說下，台灣率先「解禁」引進金庸小說，緊接着金庸小說大規模進入內地，於是，海峽兩岸四地立刻掀起全民看武俠小說的狂潮。凡有井水飲處皆讀金庸，即使平時再不怎麼讀書的人，金庸的作品總會看過幾套。

金庸小說自誕生之日起，華人文化圈即着手進行研究，時至今日已半個多世紀了，研究可謂碩果累累：由民間而至學界，由大眾讀者而走向學術講壇。

當年的「金庸學」大家中，不乏有倪匡、陳世驤、劉再復、嚴家炎、馮其庸那樣的學者，於是，中國文壇湧現了一批因愛好金庸而研究金庸的專家。今天他們仍是金庸小說研究的主力軍。無論是倪匡、陳世驤，抑或陳墨、徐岱，還是楊興安、潘國森，不約而同地認為，金庸小說不僅繼承了武俠傳統，汲取中國歷史文化營養，還借鑑了西方文學經典、中國現代文學名著，才成就了一座武俠高峰。

金庸七十九歲時說：「學問不夠是我的最大缺陷」。一個持有億萬資財的傳媒大亨，一個擁有幾億讀者的小說作者，一個因為自己的小說而走上學術崗位的學者，能在高齡時歷數自己的缺陷，實在是難能可貴的。其實，一個人自稱學問不夠本來是很平常的事兒，生也有涯，知也無涯，嚴格說來沒有誰的學問是夠的。

因為他不夠，所以他十分敬重文化大家，從他們身上散發的獨特魅力，始終吸引着金庸，於是他倘徉在文化群豪中間，留戀不已不忍離去。

凡是江湖兒女無人不讀金庸，但是，只有對小說中的一言一景、一招一式如數家珍者，才堪稱金學專家。

他揭開了「金學」序幕——「代筆」倪匡

「凡是有中國人的地方，都有人知道他的名字。」這是倪匡在介紹金庸時最最令人心動的一句話。

倪匡與金庸、蔡瀾、黃霑被並稱「香港四大才子」。二十世紀六十年代初，在金庸的鼓勵下，倪匡用筆名「衛斯理」寫科幻小說，第一篇小說名為《鑽石花》，在金庸主持的《明報》副刊連載。在香港，單憑寫作活得不錯的，大概只有倪匡和金庸。

自從二十世紀六十年代初開始在《明報》寫武俠小說，倪匡致電金庸不超過兩次，「永遠都係佢搵我」，在北京會見鄧小平，金庸也邀他同行。

金庸是倪匡多年的好友與老板。倪匡曾替金庸代寫連載中的《天龍八部》，故意把阿紫的眼睛弄瞎。

金庸評價倪匡：無窮的宇宙，無盡的時空，無限的可能，與無常的人生之間的永恒矛盾，從這顆腦袋中編織出來。[1]

[1] 佳楠《香港四大才子的情愛往事》，《八小時以外》，二〇〇九年第二期。

（一）

金庸聽到敲門聲道了一句「請進」，沈寶新與倪匡聞聲走了進來。金庸看到倪匡微微一愣，投向沈寶新疑問的目光。

「我過來是想給你介紹一位小朋友。」沈寶新見狀向倪匡一打手對金庸笑道。

倪匡心裡對沈寶新口中「小朋友」三個字的形容很不感冒，他對着金庸鄭重地抱着拳頭敬了個江湖禮，表情認真地道：「末學後進倪匡拜見金大俠；晚輩今日叨擾，還請前輩見諒！」

沈寶新與金庸當場愣住，前者早清楚倪匡的鬼馬，很快反應過來搖頭一嘆對金庸道：「怎麼樣？這小子有點意思吧？」

金庸反應過來笑着點頭道：「是有點意思！」說完對倪匡一展手開口道：「少俠請坐，今日倉促會面，招呼不周還請見諒！」

倪匡笑着坐下：「金大俠客氣！」

「行了，你們兩位別扯了！」沈寶新笑罵一句，接着對金庸道：「《獨臂刀》就是他寫的。」

幾日前，金庸從《真報》上看到影評，張徹導演的武俠電影劇本《獨臂刀》是倪匡編劇的，張徹是金庸的好朋友。

「他又新寫了一本小說，我覺得非常好，想和你商量一下能不能給他開個名家專欄？」沈寶新說。

金庸聞言一奇，看了眼倪匡道：「《獨臂刀》我看過，年輕人很有想法，能給我看看新作麼？」

倪匡心裡暗自感激沈寶新的提攜，對金庸也很是恭敬，將書稿雙手奉上，金庸接過手認真翻閱起來……

半晌，金庸放下書稿認真看着倪匡點頭嘆道：「確實上佳之作，文筆雖然較《獨臂刀》提高不是很多，但是寫作手法和故事結構卻比前作高出不止一籌，你可不是末學後進，而是後起之秀啊！」

「查先生過譽！」倪匡謙虛道。沈寶新見狀心裡一鬆問金庸：「那你看可以設專欄麼？」

金庸片刻沉吟道：「作品水平的確夠了，但……」倪匡心裡一跳，沈寶新問道：「怎麼？」

金庸道：「開專欄的名家都是久負盛名之人，你的作品雖好，但畢竟太過年輕，一來怕是惹人爭議，二來……」說到這裡金庸看着倪匡認真道：「倪匡，我希望你不要介意我下面說的話，我的第二個擔心是怕給你開了專欄之後，你的作品只是曇花一現，江郎才盡，所謂站得越高，摔得越慘，倪匡你能保證自己靈感不斷，創作不止嗎？」

倪匡聽到這裡鬆了口氣，金庸的擔心的確有道理，不過自己的主業畢竟是電影，將來電影成就突出了，誰還會記得自己是小說家！想到這裡，他輕鬆道：「有勞查先生關心，不過我對自己有信心！」

金庸點點頭對沈寶新道：「既然他如此自信，就按你的意思辦，這個年紀開專欄也不算什麼！」

沈寶新正要答應，卻聽倪匡重重地咳嗽兩聲，對他擠眉弄眼，沈寶新無奈一笑，問金庸道：「你看稿費怎麼給？」

金庸也注意到剛才兩人之間的小動作，他正色道：「那還用說？」見倪匡露出喜色，接着道：「一碼歸一碼，我們畢竟是辦報紙的，要考慮銷量，你畢竟沒有名氣，作品可以有名家的待遇開專欄，這稿酬就不能照專欄的待遇了，十塊錢一千字，每天寫兩千一百字，可行？」

倪匡目瞪口呆，這可是低稿酬啊！他正要說些什麼，沈寶新哈哈一笑，止住他，對金庸道：「行了，別逗他了，這小子一急眼說句話能把你嗆死，就千字十元吧，買斷影視改編外一切版權，怎麼樣？」

金庸聞言奇道：「為什麼保留影視版權？」沈寶新看向倪匡，倪匡解釋道：「查先生有所不知，我現在從事的是電影行業，立志做一個導演，我這《鑽石花》將來準備搬上銀幕的。」

「如果倪匡沒有意見的話，就按你說的意思辦吧！」金庸對沈寶新點頭說道。

走出明報，倪匡摸摸口袋裡的金庸預支的兩千港幣支票，嘆道：「賺錢真難，寫小說不掙錢哪，還是得靠電影！」

倪匡是寫影評的，還是《真報》的一個編外寫手。一日，編輯對他說：「今天影評沒有了，上海仔，你來寫一篇。」倪匡說：「我還沒有看戲呢。」編輯說：「看戲來不及了，你看說明書吧。」兩個鐘點後，倪匡交了稿。

第二天，後來成為武俠電影巨匠的張徹對編輯說：「《真報》的影評胡話亂篇，完全不通。」張徹剛從台灣來香港，起初寫影評。倪匡聞訊不賣賬，跟他打起了筆戰：「你這位先生真有趣，不是評電影，是評影評，不是影評家，是評影評家。」後來董千里看到了，對倪匡說：「張徹我認識的，找他出來喝咖啡。」一見面，兩人竟然很投機，成了很好的朋友。①

後來，張徹當了導演來找倪匡寫劇本，倪匡說不會寫劇本，張徹說你就當小說那樣寫好了。於是，有了倪匡的第一部武俠電影劇本《獨臂刀》，被許多人認為脫胎於金庸的《神鵰俠侶》。

一九六一年，金庸創辦的雜誌《武俠與歷史》需要大量短篇武俠小說，主編董千里找上倪匡，「我梗係開心啦！」那年他二十五歲，「佢問我短篇肯唔肯寫，我最中意寫短篇，逐篇計最好」。

① 陳遠《倪匡：被一陣風改變的人生》，《新京報》，二〇〇八年七月八日。

寫了幾篇金庸已經很滿意，邀他在《明報》寫武俠小說，每日二千一百字。

第一篇作品《鑽石花》，「一日稿都唔斷，佢好佩服我」。從沈寶新手中取過一張「大牛」五百元，「我同老婆兩個摟住真係歡喜到呢，嘩，咁大張銀紙幾開心」。

倪匡續以筆名「岳川」在《明報》寫武俠小說，如《天涯折劍錄》、《血影》等；後來創作的「衛斯理」科幻小說系列也在該報連載。共事多年，倪匡八字評價金庸，「一流朋友，九流老板」。他說站在勞資立場，九流是真，「叫佢加兩文稿費，同你拗半日」；換轉友儕相處，一流也不假，「佢好遷就朋友」。

轉投《明報》以後，倪匡的小說愈寫愈多，中篇長篇都有，在《明報》副刊連載。金庸說，再寫一篇。他說，現在占士邦很流行。金庸說，那你就寫時裝武俠小說，時代背景是現在，但是主角會武功，很特別的，可以一試。倪匡寫第一篇是時裝武俠小說，第二篇也是，到第三篇時，他加進一點幻想，至第四篇小說《藍血人》起開始用上了筆名「衛斯理」，衛斯理系列小說正式走向科幻系列。他說，本來是喜歡寫武俠小說的，因有金庸這位老友金玉在前，只好捨難取易，專心從事科幻小說了。

倪匡的武俠小說《南明傳》在金庸主編的《武俠與歷史》連載，幾十萬字，還出了書，金庸替他寫前言。這本書銷售很好，倪匡賺得了第一桶金。

有一日閑聊，金庸問倪匡：「江湖上傳聞你從內蒙古騎馬到香港，是真的嗎？」倪匡笑了：「騎馬怎麼能騎到香港呢？這根本就離奇到極點！」

離奇的倪匡有着離奇的經歷。他原名倪聰，生於上海，比金庸小了十一歲。童年時喜歡博覽群書，養成了一生好讀雜書的習慣。一九五一年，倪匡以十六歲之齡進入華東人民革命大學受訓三個月，繼後至蘇北、內蒙古墾荒。在內蒙古，因為大雪阻路，煤運不進去，天寒地凍，很多人都凍死了。倪匡拆了一個搖搖欲墜的木橋當柴火，自以為在挽救同伴生命，結果被冠上了「破壞交通」的罪名，是現行反革命，被關在一間周圍沒有人烟的小房子裡。每天晚上，狼群圍着小房子嗷嗷地叫，他很害怕，想逃走。一個朋友給他偷了一匹馬，告訴他：騎着馬一直往北走。

他說，往北走不是蒙古游牧部落嗎？朋友說：就是要去游牧部落呀，到了那裡，你學蒙古話，過兩年，改個蒙古名字，你就變成蒙古人了，娶個蒙古姑娘更好。那時候，你就可以大搖大擺地回來，不會再有人管你了。聽了朋友的話，倪匡騎着馬一直往北走，忽然天陰了，下了一場大雪，東南西北再也無法分辨，只好隨着馬亂走。大概走了幾十里路，天快亮的時候，走到了一個小火車站，正好有一輛火車開來，也不知道火車是朝南還是朝北開，爬上去了，幾經周折，靠偽造圖章和路條，一路從內蒙古逃回了上海。①

因為父母在一九五〇年就到了香港，所以他的目的地是香港。那時候，從上海坐大輪船到香港要四百五十元，偷渡到香港才一百五十元。他就用一百五十元，讓人塞進運菜的船上，到了九龍的一個碼頭上岸。金庸調侃地說：「你不是騎馬來的，是游水來香港的。」

一九五七年倪匡南下香港。起初他做工廠雜工，後來投稿《真報》兼獲聘，當過記者及專欄作家，用筆名「衣其」寫專欄。

當時，有個很出名的台灣作家司馬翎，正在《真報》上連載武俠小說，有一天，稿子突然不來了。倪匡跟社長說：「這種小說，老實講我寫出來比他好。」社長不相信，倪匡就說：「先續下去再說，因為他的稿子可能會來的。」續了兩個星期，不僅沒有人看出來，而且讀者的反應好得不得了。後來司馬翎來了，大發脾氣：「誰敢續我的小說？」倪匡說：「誰敢啊？我敢。」司馬翎看了倪匡續的內容，笑着跟他說：「續得很不錯。」倪匡說：「豈止很不錯，簡直是寫得比你好！」司馬翎生氣了，不寫了。社長對倪匡說：「乾脆你開一篇新的好了。就這樣，倪匡開始寫武俠小說。②

① 陳遠《倪匡：被一陣風改變的人生》，《新京報》，二〇〇八年七月八日。

② 倪匡《無師自通闖入報界》，《讀者》，二〇一一年第十九期。

倪匡是最多產、多樣化的作家，他自稱「自有人類以來，漢字寫得最多的人」。倪匡的成名，卻是在《明報》副刊連載「衛斯理」小說以後，這套小說寫了一百八十種。衛斯理身上體現着傳統科幻小說的中心價值觀——沒有任何功利色彩的探索精神。衛斯理不愛財，不貪權，一輩子就跟定一個叫白素的女人，連點緋聞也沒有；也不像「〇〇七」那樣以情報部門的指令為正義標準。唯一能讓他眼睛發亮並鍥而不捨的，就是各種各樣的神秘事件。衛斯理成了讀者的眼目，專門去探看世界上各種奇聞異事。

有一年，香港書展把倪匡請來與現場觀眾見面。那天，他身穿一套藍色的唐裝，褲子是寬鬆的九分長，能看到提得高高的白色毛襪，踏着看起來很舒適的包腳拖鞋，拄着細細的龍頭樹枝拐杖。七十九歲的倪匡留着小平頭，戴着無框眼鏡，臉色紅潤。他走上台，一屁股深陷在沙發裡：「你們提問吧，我自己在台上演講很奇怪。」①

別人還沒問，他自己先回答：「坊間傳說我寫科幻是因為看到金庸、古龍寫武俠寫得好，趕快轉向。其實寫作有什麼競爭呢，要是我中意寫，就一直寫下去啦。」對於自己的科幻小說，倪匡評價是「本本都喜歡」；當然「有些結尾草草了事的，就沒那麼喜歡。」「我有時候無聊，也

① 盧哲《七十九歲的倪匡：常看網絡小說不想重寫衛斯理》，《東南日報》，二〇一四年七月十九日。

會看看自己寫的書，有些情節印象較深，有些都不記得。常常看着看着想，你完了，情節這樣下去看你怎麼收尾，後來看到最後，果然收不了尾，哈哈哈哈。」倪匡自己笑得肩膀亂抖，「所以他們說我虎頭蛇尾，我寫作不負責任嘛，寫完都不愛看第二遍」。

有人問：「金庸曾重寫自己的作品，衛斯理會不會有個新版？」倪匡搖頭：「不要不要，我不想重寫了，說了我很懶的。」心態不老的倪匡自言現在常常上網看網絡小說。「作者的名字記不住，越取越怪，書名更誇張，長達二三十個字。」倪匡說，現代的武俠之所以難出大師，「大師一要寫得好，二要寫得多。現在的武俠小說有些寫得很好，」倪匡舉了一個香港和一個台灣的作家名字，「但是寫得多的人，很少」。

他講述了他與金庸的往事：當年，倪匡的《地心洪爐》在《明報》連載，有這麼一段：衛斯理從飛機上掉下南極，飢寒交迫，見一只白熊跑來，便把它殺了，剝皮取暖，吃肉充飢。讀者來信罵倪匡：「南極沒有白熊！南極只有企鵝！」

從來不理讀者來信的倪匡照樣漠視投訴。結果這位讀者每天寄給他一封信，越寫越長，分析他態度不嚴謹、對讀者不負責任、誤導，要他解釋，否則再寫下去就是厚顏無恥。

倪匡很火，在專欄上回覆。原是二百五十字的篇幅，他放大字體，只回答兩句：「XX先生，

一、南極沒有白熊；二、世上也沒有衛斯理。」

金庸也出來說話：「原來南極是有白熊的，現在沒有，因為給衛斯理殺掉了。」那個讀者氣得吐血，最後一次來信，只寫着兩個大字：「無賴！」①

倪匡愛吃魚，每次飯局，金庸總會先夾起魚頭給他，「慌有人同我搶」。有次他吃不下，金庸大喜，「你不吃，我吃」。他嚇呆了，始知金庸也很愛吃魚頭，只是每次都讓給他，「我真係好感動，從此再食魚頭，我同佢都推讓一番，你食我食，不過卒之都係我食」。

每次聚會都是金庸邀約，或是蔡瀾安排飯局。「識咗咁多年，我打畀佢唔超過兩次，永遠都係佢搵我」，倪匡笑說：「跟有錢人通電話，可免則免，佢咁多錢，我打畀佢，可能會諗係咪問我借錢。」金庸曾打開櫃桶給他看：「入面全部都係人哋嘅借條。佢話點解畀你睇，因為入面冇一張係你。」

有次蔡瀾帶隊去日本摘水蜜桃：「講到天花龍鳳，我急不及待啃咗兩口，查生食過嘛，我望住佢話好似冇中國水蜜桃咁好食。」金庸隨即拍枱示好：「我早就說過，蔡瀾不信。」另一次去韓國吃海鮮，「佢唔中意食，但一路跟住我哋食」，嘗過原隻大鮑魚和大蝦，「查生好可憐咁話，

① 馮翰文《倪匡：人生總有配額》，《外灘畫報》，二〇〇六年九月號。

畀碗白飯我，揾熱湯撈」。就算老友，倪匡一樣冇面俾，「蔡瀾介紹嘅食物，佢冇樣鍾意食，但照食」。

金庸結識滿天下，但經常與他在一起的，是倪匡和名導演張徹、名作家董千里，他們四人經常在一起喝酒玩樂。其中金庸與倪匡之間的一些生活趣事，在香港文化界流傳很廣。

倪匡說，他一生中最好的朋友是金庸。因而，他的小說只在《明報》連載，而大部分的小說也由明窗出版社出版。

（二）

《倪匡傳》一開始就對傳主作了這樣的描繪：「一般人大笑，只是『哈哈』，兩聲，最多『哈哈哈』，三聲。倪匡的招牌大笑，卻是『哈哈哈哈』四聲，就是比別人多了一兩個『哈』。」接着，傳記進一步描述了倪匡的這一性格：「倪匡是天生笑匠。讀者試閉目一想，倪匡是怎樣一副長相，一副深深的近視眼鏡，雙眼眯着成一條線，配上娃娃型的笑臉，僅僅這一重任扮相已是天生惹笑的輪廓，聲未聞已是笑意已生，一張嘴，以絕對不純的粵語，表述這如珠笑語。」

金庸喜歡倪匡，尤其喜歡他這種「哈哈哈哈」的樂天模樣。

一九六五年五月，金庸以《明報》社長的身份，到英國倫敦參加國際新聞協會主辦的會議，順便在歐洲做了一次長時間的旅遊，六月份才回港。啟程那天，《明報》各部門的負責人都到機場送行，並向查良鏞表示自己工作的重心所在，希望他安心外遊，不必牽掛報社的事。當時，報社已上軌道，查良鏞並不太擔心報社的編務，倒是比較擔心正在《明報》連載中的武俠小說《天龍八部》。

《天龍八部》是從一九六三年九月三日起在《明報》連載的，這是一部風格獨特的武俠小說，在寫法上與查良鏞以往的小說截然不同，在結構上採取了寫完某一個人之後再寫另外一個人的手法，看似脫節，但實際上又前後交錯，將不同的人聯結一起，相互映襯，絕對不會混亂，堪稱絕筆。

在金庸所有的武俠小說中，《天龍八部》的人物是最繁多的，他們有如繁星閃爍在《天龍八部》這部「天書」裡。這眾多的人物，基本上分屬公子哥段譽的故事、和尚虛竹的傳奇以及英雄好漢喬峰的經歷，他們配襯這三位首腦人物，猶如眾星拱月，形成浩瀚的星河。

此時，《天龍八部》的故事還沒有完結，也就是說還需寫下去、連載下去。但這一外出就是一個多月，金庸已沒辦法兼顧武俠小說的事。但總不能斷稿開天窗，那怎麼辦？金庸打算找人「代筆」。金庸找來「代筆」的人，就是倪匡。

倪匡與金庸諸多往來，時常在一起品酒論文，金庸找他「代筆」，當然是欣賞他的文才。早在兩年前，金庸寫完《倚天屠龍記》後，《天龍八部》開始在《明報》第一天開始連載時，金庸約晤倪匡，在座的還有新加坡的一位報館主人。這位新加坡人是特地來香港找金庸，要求金庸別結束《倚天屠龍記》，繼續寫下去。而金庸已將全副心神投入創作《天龍八部》，不可能同時寫兩篇，所以特此約晤，要倪匡代他撰寫《倚天屠龍記》的續集。

當金庸一提出這個要求時，倪匡頓覺腦中轟地一聲響，幾乎飄然欲仙。當時的對話，大抵如下：

金庸：新加坡方面的讀者十分喜愛《倚天屠龍記》，希望有續篇。我沒有時間，特地約了新加坡的報館主人來，竭力推薦，請倪匡兄寫下去，一定可勝任。

新加坡報館主人：金庸先生的推薦，我絕對相信，要請倪匡先生幫忙。

倪匡大口喝酒，半晌不語之後，神色莊肅，開始發言。這大抵是他一生之中最正經的時刻。

倪匡：今天是我有生以來最高興的日子，因為金庸認為我可以續他的小說，真是太高興了。其高興的程度，大抵達到一輩子都不會忘記。可是我這個人有一個好處，就是極有自知之明。而且，我可以大膽講一句，世界上沒有人可以續寫金庸的小說。如果有人膽敢答應：我來續寫，那麼這個人，一定是睡覺太多，將頭睡扁了。我當然不會續寫《倚天屠龍記》，因為我雖然睡覺不少，但幸保腦袋未扁。

這次，金庸又找來倪匡，但不是「續寫」，而是「代筆」。

「倪匡，我這趟外出時間較長，你幫幫忙，代寫《天龍八部》三四十天吧！」承蒙金庸看得起，倪匡高興得哈哈大笑：「你說該怎樣寫？」金庸認真地說：「我看不必照原來的情節，免得不能連貫，最好是寫一段自成段落的獨立故事。」金庸當時開出的唯一條件是不可以死人，因為個個都有用。

金庸的要求正合倪匡心意，倪匡於是點頭答允：「那好吧，我就放膽自由發揮了。」當時在場的還有香港名作家董千里。

倪匡答應「代筆」後，金庸又特別關照一句：「老董的文字功夫很好，你的稿子寫好之後，我想請老董看一遍，改過後再見報，你看怎麼樣？」倪匡也很佩服董千里的文才，所以滿口允諾：「這沒問題，有老董在旁監督，我還求之不得呢！」就這樣，倪匡操筆上陣，為金庸代寫《天龍八部》；而金庸則放心去歐洲開會、遊玩。①

金庸上午上飛機，倪匡下午就弄瞎了阿紫的眼睛，因為倪匡討厭《天龍八部》中的阿紫，於是一怒之下，故意將她給弄瞎了。

金庸旅歐回港，倪匡已代寫了六萬多字。一見面，倪匡就說：「金庸，很不好意思，我把阿

① 費勇、鍾曉毅《金庸傳奇》，廣東人民出版社，二〇〇〇，第七一至七三頁。

紫的眼睛弄瞎了！」

金庸一聽，唯有苦笑。接着，他自己就潛下心來，把《天龍八部》寫完。「阿紫的眼睛瞎了，你怎麼辦？」倪匡不懷好意：我把你喜愛的女孩子弄成了瞎子，看你怎麼收尾。金庸說：「我自有辦法！」

金庸是大小說家，難不倒他，他做了別出心裁的處理，阿紫眼瞎的那一段裡面發展出來一段故事：一個為了癡情相愛。寧願將自己的眼睛送給愛人，而一個性格倔強，將已復明了的眼睛又挖出來。這是《天龍八部》裡面最淒哀的那段故事。

倪匡所寫的那一段，在舊版書出版時，收進單行本中。金庸將全部作品修訂改正之際，曾特地找倪匡商量：「我想將你寫的那一段刪去，不知你是否會見怪？」倪匡的回答很妙，先大聲說：「見怪，會見怪，大大見怪！」金庸聞言神情躊躇，大感為難。倪匡卻哈哈大笑，道：「我見怪的是你來問我會不會見怪，枉你我交友數十載，你明知我不會見怪，不但不見怪，而且一定衷心贊成，還要來問我！」金庸有點忸怩，說：「禮貌上總要問一聲。」

倪匡曾自撰一副對聯，上聯是「屢替張徹編劇本」，下聯就是「曾代金庸寫小說」，說的是他平生最得意的兩件事。

倪匡曾經說：《天龍八部》這個名字就是從佛學中來的，故事中的三位主角和佛教也都有着密切的關係：大理段氏累世信佛，蕭峰的師傅是少林高僧，而虛竹則是僧人出身，他於西夏皇城冰窖，以三段《入道四行經》駁得天山童姥理屈詞窮，真是言簡意賅，仁慈之心，遠勝雄辯。這一切，正如陳世驤先生所言：「有情皆孽，無人不冤」，書中涉及的情緣幾乎都是「孽緣」，唯一可以例外的似乎只有那位少林寺的掃地老僧。書中融入作者做人、學佛的感悟，充滿着悲天憫人的情懷，沒有深究佛理的人，是絕對寫不出這種書來的。

倪匡稱：「以前，世界上未曾有過這樣好看的小說；以後，只怕也不會再有了！」往後的兩年，金庸與倪匡又做好拍檔，他們合作寫過兩部武俠小說：《血影》及《長鋏歌》，都在《明報》連載。至於其後在《明報周刊》出現的「金倪」武俠小說，倪匡坦白承認，小說是他個人作品，與金庸無關，他只是借助金庸名氣而已。當然，好弟弟的傑作發表，金庸這個老哥，也樂意被利用過橋！

這一年春節聯歡，倪匡組織跳舞，上場人是金庸、倪匡、沈西城、王亭之、黃俊東五人，全是生肖屬猪輩，金庸笑言「無妨組織一個『猪社』」。

倪匡從小就喜歡看小說，各種各類的小說都愛看。一直到看了金庸的小說之後才知道：原來小說可以寫成這樣子！才知道：原來小說可以到達這樣的境界！才知道：原來小說中的人物可以如此活靈活現。

二十多年來，倪匡一直在看金庸的小說。在金庸停筆不再寫小說之後，他還重覆地看。一遍又一遍看金庸小說，每看一遍，都擊桌驚嘆，嘆為觀止。看金庸小說的「段數」只怕已到了「金段」，可以自封「金庸小說專家」了。

一九八〇年五月，在台北，著名出版人沈登恩問倪匡：「你以前有沒有寫過評介金庸小說的文字？」倪匡答：「多得很。」沈登恩大喜，說：「能不能寄給我？」倪匡說：「完全沒有剪存，不過不要緊，可以現寫。」沈登恩問：「可以寫多少字？」倪匡不加思索，說：「至少可以寫五六萬字！」

以為說過就算，誰知倪匡返港才十天，沈登恩已托人將六萬字稿費帶來。得人錢財，與人消災，寫是非寫不可，倪匡心中不免暗暗嘀咕：是不是寫得了那麼多字？躊躇竟夜，第二天一下筆，才知自己太多愁善感，六萬字，只是浮光掠影，真要詳細寫金庸小說，再多三倍字數也還不夠。

（三）

值得他自傲的是，一口氣寫下來，幾乎沒有翻動過原著小說，全憑自己積年累月、數十遍看下來的心得寫成；而且絕少引用原著文字，九成九是自己的意見。他僅寫了五天就脫稿了，本定六月底交稿，變成月初就將稿寄出，速度之快，一時無兩。

這樣，倪匡的《我看金庸小說》系列評論橫空出世。《我看金庸小說》精彩紛呈，妙趣橫生，畢竟有着武俠創作的經驗與體會，故而寫來絲絲入扣。

「我看金庸」，重心在於「我看」，寫出個人見解，與流俗不同。倪匡用風趣而睿智的筆調，信手拈來，娓娓講述了金庸武俠小說的創作特點，並且依照作品的不同程度，對金庸作品一一點評，排位論次；按人格的高低優劣，對金庸小說中的主要人物「品頭論足」，讀來情趣盎然，引人入勝。

比如他評價採花大盜田伯光這個角色：「幾乎所有的武俠小說，在一寫到採花大盜之際，都有一個特點，就是對這類人物，極其不齒，是武俠小說中最壞的壞人的典型，從來也沒有一部武俠小說會對一個淫賊特意描寫，將之塑造成一個特出人物的。多是一出場就被殺了，或者作惡之後，再遭慘報，這種傳統，自《水滸傳》中好漢不好女色，打熬身體開始，不知持續了多少年，一直到《笑傲江湖》中出現了一個田伯光，才算是有了突破。」

又如他評價金庸的寫作手法：「《雪山飛狐》中胡一刀、苗人鳳、田歸農的糾葛是另一段。

妙就妙在，兩段倒敘，無一相同之處，完全是兩種寫法。有時，懷疑金庸在《笑傲江湖》中的那一大段倒敘是故意安排的：令狐冲可以不在倒敘中出場，但特此安排他在這種情形下出場，是作者自己的一種享受，寫兩段倒敘，毫不相同，這是表現作者創作才華的一種最好方式吧！」

再如他評價金庸對儀琳愛情的描寫：因為令狐冲向來喜歡自由，「她（儀琳）『但盼任大小姐將來不要管着他才好！』（一五三八頁）這是一個人對異性有真正的愛情時發出的心語。她愛而不要求佔有，這是什麼樣的胸襟。這樣的胸襟，在女人身上，可以說是不可能的。儀琳是金庸筆下一個絕頂脫俗的女性，可惜她的命運是如此悲苦，青春妙齡，長伴青燈古佛，真希望她不要太長命，不然，悠悠歲月，如何挨得過去，思之也為之惻然！」

倪匡大膽地為俠正名。他認為，武俠小說是相當個體的，英雄主義的色彩越濃，個體的形象越是突出，就越能為讀者所接受，並且從閱讀心理來揭示俠文化的特點。倪匡對俠的看法，可以說開武俠評論風氣，也開文學評論之風氣。

倪匡追憶起某年與金庸同游夏威夷。「一日，街頭閑逛，看到一位藝術家在街頭用玻璃在創作……發現了一件作品，當時就愛不忍釋，由金庸買了下來。這件藝術品的標題是『心囚』，用玻璃塑造了一個看來極其痛苦、極求解脫的人被困在一張網中。這張網，其實根本網不住這個人，空隙極大，這個人隨時可以穿網而出。可是這個人卻像是絲毫不知道可以穿網而出一樣，在網中苦苦掙扎。這張網，是來自這個人內心的拘束，是一張心網。再不想拘束的人，也突不破這張網。」——以此「心囚」，倪匡補充闡釋了金庸寫在《笑傲江湖・後記》中的那句「解脫一切慾望而得以大徹大悟，不是常人之所能」，別開生面，雅趣十足。

倪匡早在一九五八年就用「月川」這個筆名寫過武俠小說，但他的武俠評論比起武俠小說更有名氣。金庸的武俠小說能夠走紅港台和大陸，倪匡功不可沒。

倪匡的武俠評論和金庸的武俠小說一樣好看，但是也有一些偏頗的地方，比如他說《鹿鼎記》是古今中外第一好看小說。不過這正好可以說明，倪匡是一個至情至性的評論家，他的觀點儘管不夠客觀，但也不失為一家之言。

於是，倪匡揭開了「金學研究」的序幕，他以不翻閱原書一氣呵成實稿而感到自豪。倪匡的金評，好看。因為沒有什麼高深的文學理論摻雜其間，而金庸本人，早已經坦承自己「並沒有受過什麼文學理論影響，也不相信什麼文學理論」。[①]

早期「金學」中，倪匡應該算是比較重要的人物。倪匡雖寫了好幾種金庸小說的評論集，品

① 劉國重《倪匡、温瑞安如何談金庸》，《第一財經日報》，二〇〇九年五月十九日。

評金庸小說中的人物，但他在集子中從不介紹金庸這些小說的故事梗概，採用了富有中國古代色彩的「九品人物」系統，將金庸十五部作品中的人物分為「上上、上中、上下、中上……下下」九等。在倪匡的筆下，金庸是一個非常可愛的人：「金庸本性極活潑，是老幼咸宜的朋友，可以容忍朋友的胡鬧，甚至委屈自己，縱容壞脾氣的朋友，為了不使朋友敗興，可以唱時代曲《你不要走》來挽留朋友。十餘年前，金庸嗜玩『沙蟹』，『蟹技』段數甚高。查府之中，朋輩齊聚，通宵達旦，籌碼大都集中在他面前。筆者賭品甚差，有一次輸急了，拍桌而去。回家之後，兀自生氣，金庸立時打電話來，當哄小孩一樣哄，令筆者為之汗顏。又有一次也是輸急了，說輸的錢本是準備買相機的，金庸立時以名牌相機一具見贈。其對朋友大抵類比，堪稱一流朋友。」

倪匡對金庸性情的評論，也很有意思：「金庸是屬於慢性子的人，涵養極好，多少年來，只見他發過兩個半次脾氣。此話怎講?因為兩次都不是盛怒，只不過表示了他心中的不高興，而且這兩個半次脾氣，都發得十分有理。一次，是筆者為了一己之利向他作一個要求，時在汽車之中，金庸『哼』了一聲：『除非《明報》破產，不然萬萬不能!』嚇得筆者和同車人噤若寒蟬，連大氣兒都不敢透着好幾分鐘。另半次是對一個行為十分卑劣的小人，該小人顛倒黑白，造謠生非者再，金庸當眾宣佈不與這種人同席——很多人，可能只看到過查先生這半次脾氣而已。」

倪匡對金庸以文學及出版的專門知識而致富有此評語：「查良鏞是中國五千年來第一個致富的知識份子。除了傳說中的陶朱公外，能夠同時成為大儒和富翁實在絕無僅有。做生意當然會惟利是圖，但這不一定會與良知發生衝突，因為賺錢不是壞事，做好事也可以賺錢。查良鏞是一個有知識和商業才能的人。」

一九七五年六月，倪匡四十周歲，金庸書寫長聯兩副致賀。至今為止，這對長聯可稱世間孤品，因為捨此而外，金庸再無類似的書法作品。金庸的書法，並不如何高超，絕不能稱「家」。但這副對聯，卻極為有趣：「年逾不惑，不文不武，文中有武，不飢不寒，老而不死，不亦快哉；品到無求，無迂無爭，迂則必爭，無災無難，遠于無常，無量壽也。」

下方以小楷字附有註解：「匡兄四十初度，擺聯自壽，有『年逾不惑，不文不武』暨『無欲無求』語。以『不』、『無』二字為對，惟有句灑脫，匡嫂不之喜也。謹師其意，以拙筆書二聯祝無量壽。舉世貝殼藏家，或雄於資，或邃於學，抑或為王公貴胄，似君以俊才鳴者，未之或聞。」下署「匡兄華誕之喜，弟金庸乙卯六月」。

倪匡說：「這幅對聯，需要解釋之處甚多，不然，不容易明白，太過『深奧』。首先，四十歲那年，我自撰對聯一幅：『年逾不惑，不文不武，不知算什麼；時已無多，無欲無求，無非是這樣。』自覺甚是高興，在報上發表。惹來的反應，是有人在報上破口大罵：『自撰挽聯式的對聯，以老賣老。』等等，這可以不論。老妻看了，愀然不樂，是因為『時已無多』四字。人到四十，算是活七十，已過了一大半，『無多』是實際情況。叵奈人都不願聽真話。金庸知道『匡嫂不樂』之後，送來這兩副對聯。」[①]

倪匡跟妻子李果珍一九五九年五月二十日結婚，當天也是《明報》創刊日。他說，金庸與第三任妻子林樂怡再婚時，也想揀五月二十日這一天，但最終提前一日，「我說，美國十九號即係香港二十號，都一樣啦。」

（四）

《明報》創刊伊始，倪匡就為之寫稿。在香港，倪匡是最搶手的專欄作家和小說作家，稿酬奇高，但《明報》給他的稿費卻偏低。倪匡看在老朋友份上，多年來一直不計較。後來，當《明報》每年淨賺好幾千萬以後，他就覺得該想辦法叫金庸加稿費了。

一天，一班朋友聚在一起，倪匡乘機對金庸說：「金庸，《明報》可真是越辦越好啊！」金

① 費勇、鍾曉毅《金庸傳奇》，廣東人民出版社，二〇〇〇，第七四至七五頁。

庸謙遜地說：「全靠大家支持！」倪匡緊接着問：「聽說《明報》賺了不少錢，一年賺好幾千萬，是吧？」金庸不作否定，只說：「不多，賺一點點，賺一點點！」倪匡看時機已到，連忙直入正題：「賺了那麼多錢，我的稿費也該加一加吧？」

金庸笑笑說：「好好，我加！」稿費真的加了，加了百分之五，聊勝於無。倪匡不滿，打電話去罵。金庸拗他不過，於是殺手鐧來了。「好了好了，倪匡，不要吵！給你寫信。」金庸用近乎哀求的語調說。

一聽寫信，倪匡昏了過去，大嘆：「我命休矣！」原來以論口才，金庸口才敵不過倪匡，但講到寫信評道理，倪匡絕對不是對手。倪匡怕寫信，他是一字千金，寫信白寫沒錢收，只有傻瓜才做。獨有金庸願做傻瓜，偏偏喜歡寫信。過兩天，倪匡果然收到金庸的信。信中詳列十條理由，解釋稿酬不能加。倪匡捧着信，只能興嘆：「金庸啊金庸，你是一流的好朋友，也是最吝嗇的老板。」

過幾日，漫畫家王司馬向倪匡訴苦，表示在《明報》工作以來沒加過稿費，仍然是三百元一個月。倪匡聽罷，拍拍胸口，表示會在金庸面前替他爭取。

倪匡了解金庸的性格，根據過往他追加稿費失敗的經驗，他知道不能單刀直入，開口就要金庸加稿費；而是要兜個彎，才可跟金庸入正題。倪匡見到金庸，問他：「王司馬的漫畫怎樣？是否好棒？」金庸豎起大拇指，說：「好棒！」倪匡跟住說：「好棒，那應該加稿費了吧？」

金庸又是那一貫爽快口吻：「應該！」「那你知道王司馬月薪只有三百元嗎？」倪匡漸入正題。

金庸聽後大為驚訝：「不行，只有那麼少，他想加多少？」

倪匡立即說要加至一千五百元。一向吝嗇稿費的金庸，這下有點猶豫了，他向倪匡講價：

「一千二百元吧！」

王司馬原先只要求加至五百元，今次竟雙倍提升，倪匡這個中間人還不樂透嗎？倪匡不單幫了王司馬，也智取了金庸難得的稿費，這回倪匡與王司馬都皆大歡喜了。

其實，金庸並不吝嗇，他不過是深懂節省之理而已。他不像倪匡亂花錢，也不會富而後驕。他是應用則用，對朋友，有時也很慷慨。這一點倪匡體會很深。倪匡有什麼困難，金庸都會幫忙，有時倪匡等錢用，金庸就會預支版稅，並不是小數目，通常都過十萬。金庸從來沒有一趟皺過眉頭，頂多會帶點勸告的口吻對倪匡說：「錢不要亂用啊！」

雖然金庸辦報發了大財，倪匡是他的老朋友，但是他沒有義務一定要照料倪匡。現今世界，勢利現實，像金庸那樣對待朋友，是不多見的。

一九八七年，金庸第一次去北京見鄧小平，叫倪匡陪他一起去。倪匡說：「他們不會批准的。」

金庸不信：「他們要我去就得要你去。」果然，新華社的人跟金庸講：「我們沒有安排倪先生去北京。」金庸說：「你們不讓倪先生去，我也不去了。」那人很尷尬。結果過了兩天，金庸興冲冲地來告訴倪匡：「他們答應讓你去了。」①

一九九二年，倪匡移居美國，進入隱居狀態，直到二〇〇六年，他才回到香港。回來之前，金庸打電話給他：「你搬回來住？太好了，你搬回來我就不去英國念書。」結果，倪匡真搬回來了，金庸還是去英國念書了。倪匡問他：「你怎麼又到英國去啦？」金庸說：「我說過不去嗎？」過了兩年，金庸從英國返回香港，邀倪匡一起吃飯，說：「你搬回來了，我就不去英國了，我說了，沒有食言吧！」

「也不知這金庸何以要對原來的《笑傲江湖》這樣不滿意。在此未開始修訂之前，甚至曾經提及要將桃谷六仙刪去。當時一聽之下，我是大驚失色，以為萬萬不可，幾乎痛哭流涕，懇求保存桃谷六仙，總算金庸改了主意。《笑傲江湖》的舊版本，已成絕響，十分難找得到來看了，如今當然只好看新版。」聽此話，可知倪匡對金庸武俠小說中的人物用情至深。

二〇〇六年七月，《金庸作品集》最新修訂版完成出版，這是金庸第三次修訂他的十四部小說，

① 陳遠《倪匡：被一陣風改變的人生》，《新京報》，二〇〇八年七月八日。

立刻出現了金庸小說「新不如舊」質疑之聲。倪匡卻說：「看新版本，幾乎有看金庸新作小說的樂趣。三四十年來，只是翻來覆去看舊作，尚且樂趣無窮，總以為不可能有新作品看了。忽然之間，金庸舊作翻新，猶如將百年佳釀，再蒸再釀，酒味陳中出新，新中有陳，稀世奇珍，再增光輝。」「曾經一再說過十六字：『金庸小說天下第一古今中外無出其右』，在看了最新修訂版之後，發現說錯了，真還有人勝過了金庸！誰？金庸！新修訂的金庸勝過了原來的金庸！」

二〇一二年四月十五日，七十七歲的倪匡獲第三十一屆香港電影金像獎終身成就獎。接受媒體採訪時，他坦承，金庸是自己「最喜歡敬佩的作家」，自己「永遠不能達到金庸大師的實力」。有人笑問：「金庸小說在文學、哲學、琴棋書畫、詩詞典章、天文曆算、陰陽五行、奇門遁甲、儒道佛學方面均有涉獵，您說我要是把這些也都學會，能不能也寫出像金大俠一樣經典的武俠小說呢？」倪匡則不客氣回說：「不能！懂這些的人多了去，金庸是獨一無二。」

有一回，倪匡又如常到金庸家裡作客，他看中客廳內一只古董茶杯，便開玩笑問金庸，可否送給他。金庸隨即笑笑說：「好，你喜歡就拿去吧！」倪匡滿心歡喜，便把茶杯放在一旁，待吃完飯後才拿走。怎知飯後，茶杯不見了，倪匡遍尋不獲；他問金庸茶杯在哪裡，金庸像沒發生過事一樣，表示茶杯已收好，倪匡登時為之氣結。

另一回，倪匡在金庸家裡，又看中一本線裝書，於是要求金庸讓給他。金庸就像平時的口吻一樣，笑笑說：「好，你喜歡的就拿去吧！」倪匡跟金庸說聲多謝後，捧起書就開門走。金庸被倪匡的突然舉動嚇一跳，忙不迭問他：「為何走得那樣快？都快開飯了！」倪匡立即說：「你們先吃，我將書放好後，再回來吃。」這次輪到金庸為之生怒。

金庸與倪匡，雖然經常逗耍，但他們在各自心目中，仍是痛惜對方的。有一日，金庸邀請各方好友，在家裡開牌局，玩沙蟹；金庸在這方面可稱專家，經常贏錢。當日倪匡賭運甚差，連買相機的錢都輸掉。一向賭相不太好的倪匡，一怒之下，拍案而去。金庸見狀，事後即電倪匡，當時倪匡仍在生氣，金庸像哄小孩一樣，還說買部名牌相機給他補救，後來真的買來了一架索尼相機。倪匡竟覺慚愧，其後在文章中，每提及此事就盛讚金庸對朋友疏財仗義，堪稱第一流朋友。

倪匡曾在金庸的花園洋房家中，看到過一套分為春夏秋冬的四幅齊白石花鳥畫，「大得不得了，每一顆葡萄都大得離譜，晶瑩剔透，太好了，是我看到過的最好的國畫真品。據我所知，這套畫沒有在拍賣市場出現過。此前，曾經有人找查先生借五十萬，那個時候，五十萬很貴，弄得我很擔心他那四幅作品，見到他就問：那四幅畫怎麼樣了？」

早幾年，金庸長久沒露臉，有人就擔心了。倪匡就出來說，樂意分享金庸近況：「聽力有點問題，他又不肯戴助聽器。不過我們還會一起出去吃飯，他飯量比我好。我經常和金庸、蔡瀾聚餐啊，我們在一起，什麼都談，就很開心，金庸最可愛處當然是他學問大，就跟『十萬個為什麼』似的，什麼都懂。」

次日，蔡瀾在微博上傳了一張名為「查先生和倪匡」的圖片，照片裡，金庸正用鼻子嗅着碗裡的美食，一臉陶醉，倪匡在旁邊，眼巴巴地望着：「他們都不給我吃啊，覺得我這麼老，這麼胖，要得糖尿病的，哈哈哈哈。」「甚惆悵。」倪匡接着幽幽地怨念了一句。這三個字，是倪匡在前段時間的微博裡發過的，當時還引發了眾網友模仿造句，釀成「惆悵體」。

明明把讀者逗得前仰後後，倪匡卻非說自己是個矜持的人：「每次都是金庸約我，我從來不會主動去找金庸吃飯。因為他是大名人嘛，我怕他太忙沒時間，被拒絕會傷心的哦……」①

倪匡與朋友交談時說了這樣一段話：「做人最好就是醉生夢死。醉生，每天喝醉；夢死，在做夢的時候死去。這樣過日子，多幸福。」②

倪匡的這番話是他以幽默的方式表明自己的人生態度，他所說的「醉生」，並非那種稀裡糊

① 王湛《七十七歲的鬼馬倪匡，樂壞了九〇後》，《錢江晚報》，二〇一二年七月二十三日。
② 倪匡、江迅《風雨任平生：倪匡傳》，INK印刻文學生活雜誌，二〇一四，第一八五頁。

塗地不問是非，沒有志向，渾渾噩噩地過一輩子，而是指充分地享受生活，無拘無束，極大地發揮自己的才幹，活出精彩，活出味道來；而他的「夢死」，是對生命終結的最理想的想像——在睡夢中離開這個生活過的世界，既讓自己沒有痛苦，也不會因自己晚年疾病而拖累家人。可是，他與金庸有約：「我們兩個都要活過一百歲，不到百歲不能離開。」

金庸含笑而去，倪匡一時無法接受，不禁多次問記者：「哪來的消息？是不是真的！快點去證實消息是不是真的，不要人云亦云，都傳了好多次了。」消息被證實之後，倪匡認為是解脫：「九十幾歲人死啦，有什麼好傷心的，難道你真想長命千歲？」倪匡在網上看見兩幀舊照片，都是他和金庸的合照，一幀有古龍、孫淡寧和蔣緯國，另一幀是黃霑、林燕妮和張徹：「兩張相都係五個人，只剩我一個啦。」說不出的無奈與傷感。

最早看出金庸作品「天下第一」——美籍華裔學者陳世驤

一九七一年五月二十四日下午，寫完《鹿鼎記》的一個章節，金庸邀約來倪匡、張徹、董千里正在家裡吃茶談天，突然，郵差送來一份電報：「陳世驤於五月二十三日心臟病猝發逝世於加州柏克萊……」一時間，大家感到十分驚愕。

整整一夜，金庸一直大睜着眼。隨着遠處飄來的維多利亞港的拍浪聲，金庸想起的，是陳世驤評論下之琳的《戰火歲月一詩人》中的句子：「浮泛於崩石的浪濤間的一只白鴿，它最能感應到其中的怒潮，但卻能翩然地舒展如雪的雙翼，溷濁不沾。但他仍然臨顧人間，清楚聽到自己的脈動。」

是呵，「他仍然臨顧人間」，可是，能夠「清楚聽到自己的脈動」，這其中的機緣，是何等神奇！對於這只浪濤間的一只白鴿，他抱有深切的感念，是自然的。此時的金庸，對陳世驤，正是抱着這樣深切的感念！

（一）

一九四一年，十七歲的金庸因在牆報刊文《阿麗絲漫遊記》譏諷訓導主任，被浙江省立臨時聯合高中勒令退學。就在這一年，有詩人之名的陳世驤，跨出了對他有着決定意義的一步——離開北大，赴美留學。這年他二十九歲，和金庸同屬鼠。

陳世驤是河北灤縣人，一九三五年在北京大學外國語言文學系畢業，留校任講師。金庸念初中時的國文老師王芝簃是陳世驤的北大同學，有一次在課堂上，王老師拿出一冊《北京大學卅五周年紀念刊》，選出一篇陳世驤的文章《北大外景速寫》讓金庸給同學們郎誦。許多年以後，金庸仍清晰記得這篇文章的開頭：

太陽漸漸上來了。一張圖畫於是展開。過去曾是鮮明的，現在！

早晨。八點鐘。天空是銀藍色的。

太陽照在紅樓上，照在最接近天空的紅樓上。光輝，映着朝霞，像一條古代防御胡兒的浩大邊牆，退回來，兀立在古老的都城裡。燕趙壯士的鮮血，凝緊了，黯淡了，變色了。文明民族的光榮，變成夢的回憶。世道不似從先，零磚碎瓦，看了都使人生愁，使人生懼。胡風捲起三千丈，古舊的京都暴露在風寒裡。但是古舊巍大的紅樓，特別暴露着，在惶恐中，在危懼裡，掙扎着聳起身子。嘯嘯的風笛，飄來一群白鴿，嫻雅，和平，優游，但不知為什麼，令人有時感到這是一種惡作劇。誰想不起來，陽春將節，嗚嗚的，抹着鮮紅的太陽的飛機，攜着巨彈，凶惡，狠毒，恐怖，在樓頂上昂首翱翔?聳起堆來吧，未燼的劫灰！①

「陳世驤」，因為老師，因為這篇描寫北大的美文，金庸記住了這個人的名字。

在北京大學讀書的陳世驤，非常積極地參與了當時的文學活動。他的先後同學包括「漢園三友」：同系的卞之琳、李廣田和哲學系的何其芳。他還是「讀詩會」的常客，與會者包括北京大學的沈從文、梁宗岱、馮至、孫大雨、周作人、葉公超、卞之琳、何其芳，清華大學的朱自清、俞平伯、李健吾，還有林徽因等人。當年的《大公報》還刊登了陳世驤寫給主編沈從文的信，題作《對於詩刊的意見》，由「讀詩會」的聚會談到大家關心的《詩特刊》問題，又表達了他的文學見解。——這一切，是金庸在《大公報》的時候，葉公超告訴他的。

躲避戰亂，陳世驤一九四一年赴美，在哈佛大學和哥倫比亞大學讀書教學，一九四五年開始在加州大學柏克萊分校的東方語言系當中文和比較文學教授，主講中國古典文學和中西比較文學。陳世驤既有扎實的國學根底和古詩學修養，又兼通西洋詩學及文藝理論，中西貫通，在當時屬鳳

① 陳世驤《北大外景速寫》，《北大舊事》，北京大學出版社，二〇一八，第四七〇頁。

毛麟角。胡適主持北京大學時曾希望陳世驤返北大任教而未果。二十世紀五十年代，在國際比較文學「平行研究」的轉向中，陳世驤率先運用「差異性」理論，提出「中國抒情傳統」的構想，開啟了中國古典詩學研究的新路向。

在美期間，陳世驤與陳省身、夏濟安等留美學者相交莫逆，共同開創了美國華人學者人文社會科學研究的新局面。美籍華人夏濟安一直從事文學研究方面的工作，同時也非常喜歡看武俠小說。還在二十世紀五十年代初，梁羽生、金庸尚未涉足武俠小說時，夏濟安便預見到武俠小說不可限量的前景，他對好友陳世驤說：「武俠小說這門東西，大有可為，因為從來沒有人好好寫過。」又說，將來要是實在沒有其他辦法，他一定會去寫武俠小說。後來在台灣，一個偶然的機會，夏濟安看到了金庸的《射鵰英雄傳》，禁不住拍案叫絕，連忙給陳世驤寫信：「查良鏞的小說足以催化香港的武俠，實在是新小說的幸運。」受夏濟安的感染，陳世驤開始閱讀金庸的武俠小說。一九六〇年夏濟安給弟弟夏志清寫信，講述了他和陳世驤一起迷戀上金庸小說的情景：「（最近）買了兩種武俠小說，自己看看亦很出神，且把陳世驤引誘得亦入迷了。他對於武俠小說的知識，只停留在『彭公案』、『施公案』階段；但是近年來香港所出的武俠小說，其結構文字人物描寫等已可與大仲馬的豪情三劍客、基度山等相頡頏。……有個名叫做金庸（筆名）的，……台灣人亦等着看香港的武俠小說，其情形猶如當年波士頓的人等英國來船、看迪肯斯小說也。」[1]上世紀五十年代末，《雪山飛狐》、《神鵰俠侶》分別在《新晚報》和《明報》連載時，陳世驤就通過留美的香港學生獲得報紙，先睹為快。一九六三年九月，金庸的《天龍八部》開始在《明報》和新加坡《南洋商報》同時連載時，陳世驤給夏濟安寫信：「真如你所言，真命天子已經出現，武俠的小說舞台不再寂靜了！希望他多寫這一類的小說，新武俠前途的光明可以預卜。」

陳世驤說：「《天龍八部》那種『悲天憫人』、博大崇高的格調，沒有作者對佛教哲學的真正的慧心，沒有那種體會是很難達到的。」他把金庸小說比作元曲，一種突然興起、在文學史上突然出現的文學現象，評價非常高。

顯然，以陳世驤對武俠小說源流的瞭若指掌和對武俠小說的熱衷、迷戀，不自覺中已具備了相當專業的眼光；於是，當他一接觸到金庸的作品，他便一眼看出金庸是個高手；並且，直覺告訴他：這個金庸遠不是平常意義上的「高手」，而是「真命天子」，是負有某種使命的大人物出現了！

後來，陳世驤從日本路經香港，第一次與金庸見面吃飯時，特別告訴他一件事，夏濟安有一

[1] 李懷宇《夏濟安：重評中國小說》，《看歷史》，二〇一六年九月號。

天在書舖見到一張聖誕卡，上面畫了四個人，神情相貌很像《天龍八部》中所寫的「四大惡人」，就買下，並寫上金庸的名字，寫了幾句讚賞的話，托陳世驤轉寄給他，陳隨手放在雜物之中，結果再也找不到了。夏濟安於一九六五年二月因腦溢血病逝美國後，陳世驤每每想起這張沒有寄出的聖誕卡，心裡很不安，故寫信向金庸致歉。

說起陳世驤對金庸小說的欣賞，可以舉一個例子。《天龍八部》連載時，陳世驤的閱讀是斷斷續續的，常與知交楊聯陞、陳省身相聚暢談。一次，有一位以「金庸專家」自居的青年學生，批評《天龍八部》結構鬆散，人物個性及情節太離奇。陳世驤聽了，笑着對他說一大堆道理：「這是一部悲天憫人之書。《天龍八部》涉及人物之眾，情節之複雜，內容之豐富，可稱為武俠小說的巔峰之作；而其中人物的跌宕命運，身世生死的糾纏關係，不由讓人悲嘆不已，哀婉久絕。在裡面，我們可以看到，金庸彷佛一個冷眼旁觀的超世者，用他那深沉含愁的眼睛，悲憫地看完了那一出出生死悲歡的鬧劇，然後，喃喃地嘆道，冤孽，冤孽。最後，便決然轉身離去，只留下一個充滿疑竇的背影，有如《紅樓夢》中跛足道人般飄然遠去。可是，讀武俠小說的人，很容易養成一種泛泛而談的習慣。」

說到此，也許是職業病難免，陳世驤掉了兩句批評的書袋：「你讀書可以說是讀流了，如聽京戲聽流了一般，養成一種習慣，所需求的狹窄有限，所得到的也就狹窄有限了。如此，讀一般的書聽一般的戲還可以，但金庸小說不是一般的書。」

因是喜樂中談說可喜的話題，那位青年朋友也聰明，居然回答說：「對的，是如你所說，《天龍八部》不能隨買隨看隨忘，要從頭全部再看才行。」陳世驤覺得，這樣的客廳中茶酒間談話，又像是講堂的問答結論，可比講堂上快樂多了。

後來，陳世驤將這段趣事寫了出來。

陳世驤、夏濟安的讚許令金庸欣慰，他在一九六九年八月說，「夏先生和陳先生本來是研究文學的人，他們對我不像樣的作品看重了，我覺得很光榮，同時也很不好意思。武俠小說本身在傳統上一直都是娛樂性的，到現在為止好像也沒有什麼價值重大的作品出現。」①

（二）

一九六六年初，金庸創辦了《明報月刊》。這本雜誌是由散居在世界各地、素未謀面的學者通過書信往來籌劃、創辦的。辦刊的動機卻是由金庸與陳世驤初次會面談論的話題而引發的。

① 《諸子百家看金庸》（第三輯），台灣遠景出版社，一九八五，第五〇頁。

一九六五年五月下旬，金庸以《明報》社長的身份參加國際新聞協會主辦的會議，來到英國倫敦。正在牛津大學講學的陳世驤也受邀與會，兩人便在泰晤士河畔相遇了。

那天會議的主題是「跨越海洋的比較文學與漢文化」。有一位美國學者發言說：「假如中國派某某兩位文化官員前來參與盛會，那就更理想了。」這句話是開場白，可能帶些玩笑性質，但陳世驤聽了大不以為然，責問他：「為什麼我們學人開會，你要捧出官場人物來湊熱鬧。」

隨即，陳世驤也發了一大篇開場白：「在座的各位都是一群對西學有認識的學院中人，對中國文學和文化傳統都有重新體認的熱誠，希望從更寬的視野觀照世界，透過中西文化的同異反思當前的路向，於是開展了不離『現代』關懷的『傳統』研究。即使身在海外的博學通人，也是無論何時何地，對於博大精深的漢文化念茲在茲，心有所屬。我們暫時離開中國大陸，卻與中國古有文化血脈相連，不離不棄，我們參加這個盛會，可以用世界的眼光觀照中國文化的古今淵藪。我們做學問，只能埋頭於研究，不可深陷政治漩渦。我是竭力反對一些本來與文學無緣的人們打着文學的招牌，作種種不文學的企圖。」①

① 思與文《陳國球：「抒情傳统論」以前——陳世驤與中國現代文學及政治》，《現代中文學刊》，二〇〇九年第三期。

看似「無端」引出這個「開場白」，從中可以窺見陳世驤的治學路向和獨特的學術見解。金庸對陳世驤的崇敬不由增添了幾分。

開完會，金庸在英國作了一次旅遊。

六月初，英國的初夏，陽光暖暖，早晚微涼，中午那個太陽呀恨不得把人曬暈。不過西方人倒是很享受這種陽光，道路兩邊到處都是野花，還有很多開花的樹。金庸走在路上就感覺是走到了童話裡的哪個小鎮，真的是美呆了。

下午，金庸拜訪陳世驤。陳世驤將面前的一位學者長輩介紹給他：「這位是我的北大老師艾克敦先生。」

三人來到校外，找了路旁的一處「莎莉露」，這是英國最老的茶館，一邊喝茶，一邊享受陽光。

因為親伯父查樊忠是北大畢業生，金庸從少年時代起就嚮往着北京大學，羨慕北大教授們淵博的知識學問。此刻，他與緻盎然地與這位三十年代的北大英籍教授攀談起來。

艾克敦是二十年代開始在英國文壇崛起的牛津詩人。一九三二年，他先到日本，覺得日本軍國主義色彩過重，馬上轉到中國，受聘於北大。

「先生在中國許多年，怎麼喜歡上北大的？」金庸給艾克敦斟茶，一邊用熟練的英語問。

「歐戰後，我在牛津大學念書的時候，熟讀了韋利譯的白居易，翟里斯譯的莊子，理雅各譯的儒家經典，喜歡上了中國文學，到中國以後，我發現自己對中國的一切十分熟悉，於是住了下來。」艾克敦用英語回答。

「艾克敦老師教英國文學，視野奇巧，堂而皇之地講授艾略特的《荒原》、勞倫斯《查特萊夫人的情人》等作品，這是第一次有人在中國認真地宣講英美現代派文學。」陳世驤插話，對金庸說：「我至少聽了艾克敦先生兩年的課，初時開的課是英國文學、莎士比亞悲劇和王政復辟時期喜劇，第二年開始教現代英詩。學生中有我，還有卞之琳、何其芳等人。」從一九三三年七月開始，陳世驤就住在艾克敦家中。不久，兩人開展了合作編選及英譯現代詩的工作。艾克敦獨愛現代中國，同陳世驤一起翻譯了第一本英譯本《中國現代詩》，同中國戲劇專家阿靈頓一起將流行京劇三十三折譯成英文，集為《中國名劇》一書。

「我對現代中國文學的了解主要得自他」，艾克敦指着陳世驤，謙和地說。一九三五年十一月艾克敦在《天下月刊》發表《現代中國文學的創新精神》；這是早期以英文論述「新文學」的一篇相當有見地的論文，當中不乏陳世驤的意見。

艾克敦一九三九年回英國，在牛津大學執教。此番陳世驤在英國講學，就是由他邀請的。

陳世驤轉向金庸，突然問：「查先生跟朱光潛先生熟嗎？」

金庸說：「朱光潛？我念大學的時候，讀過他主編的《文學雜誌》，知道他提倡的『自由主義文藝』，是位有藝術良心的美學家。」金庸在重慶念大學的時候，與《東南日報》副刊主編陳向平交往，初學小說創作，陳向平贈予的書籍中就有《文學雜誌》。

陳世驤端起茶杯，呡了一小口，說：「在北大，與我最親近的除了艾克敦先生外，就是朱光潛先生了，他也是我的老師。讀詩會設在北平慈慧殿三號他的家中，我是常客。朱光潛到中文系授課，我選過他的課，參加了他課外主持的文學活動。出國以後，我還繼續與他聯絡，他主編的《文學雜誌》就刊登了我的文章。」

金庸悄然大悟：「哦，陳先生跟朱先生是師生，怪不得那天的開場白，帶着他的哲學批評意味。」他對朱光潛和陳世驤的師生關係似乎並不太了解，但他對二人學術路徑相近的判斷卻是準確的。

陳世驤面露喜色：「呵呵，看來你也喜歡上這份雜誌了。」一邊給金庸斟茶，一邊笑吟吟地問道：「你辦《明報》成功，是否應該辦一份香港版的《文學雜誌》？」

「陳先生希望我辦雜誌，哪方面的？」金庸問。其時，在金庸小說的連載效應下，《明報》已經成為一份有很大影響力、盈利可觀的報紙，金庸似乎並不滿足於死守《明報》，而是想建立一個龐大的報業集團，當一個報業大亨。

「當然是一份寬大自由而嚴肅的文藝刊物，對於現代中國新文學運動盡一部分糾正和向導的責任。」陳世驤低頭用嘴唇品味着茶水，眼神卻一直凝視着金庸。

金庸聞言大笑，陳世驤也跟着笑了起來。

真是心有靈犀一點通，陳世驤的想法正好與金庸的願望不謀而合。早在《大公報》、《新晚報》當編輯的時候，他曾和幾位志趣相投的朋友一起籌劃這樣一份雜誌，但由於經濟方面的原因，當時不能成事。

臨別，金庸留下香港九龍的家庭地址。

一九六六年一月，《明報月刊》創刊，每月月初出版，十六開本，一一六頁。金庸自己掛帥當總編輯。他在親擬的發刊詞中說：「這是一本以文化、學術、思想為主的刊物。編輯方針嚴格遵守『獨立、自由、寬容』的信條，只要是言之有物，言之成理的好文章，我們都樂於刊登。」在金庸看來，辦《明報月刊》就是構築一堵牆壁，用以「保藏一些中華文化中值得珍愛的東西」，意義非凡，因為當時「文化大革命」正在大舉破壞中華文化，情況嚴重，所以，他將朱光潛主辦《文學雜誌》的「自由生發，自由討論」的原則，作為《明報月刊》的辦刊宗旨。

一九六六年四月，陳世驤就連載中的金庸《天龍八部》在美國學者中的爭議，寫了一則評論。他在給金庸的信中說：「本有時想把類似的意見正式寫篇文章，總是未果。此番離加州之前，史誠之兄以新出《明報月刊》相示，說到寫文章，如上所述，登在《明報月刊》上，雖言出於誠，終怕顯得『阿諛』，至少像在自家場地鑼鼓上吹擂。只好先通訊告兄此一段趣事也。」

一九七一年陳世驤去世後，《明報月刊》特出紀念專號，由編輯史誠之撰寫紀念文章《桃李成蹊南山皓——悼陳世驤教授》，連同長篇訪談錄《斷竹．續竹．飛土．逐——陳世驤教授談：詩經．海外．楚辭．台港文學》一同刊登。

（三）

香港名作家潘國森說：「在『金學研究』的領域裡面，現在有兩個天下第一。一位是已故的陳世驤先生，他是『明白金庸小說天下第一』，他也是『全場總冠軍』，但這個仍然未是公論，只是我個人的觀感，不過我以為金庸本人也作如是觀。我之所以說陳教授得第一，是認為普天下的『金學研究』文章還未有總成績比他更好的。另一位是倪匡先生……」①

① 潘國森《雜論金庸．後記》，明窗出版社，一九九五。

金庸在《天龍八部》後記中這樣寫道：「在改寫修訂《天龍八部》時，心中時時浮起陳世驤先生親切而雍容的面貌，記着他手持烟斗侃侃而談學問的神態。人寫作書籍，並沒有將一本書獻給某位師友的習慣，但我熱切的要在《後記》中加上一句：『此書獻給我所敬愛的一位——陳世驤先生。』只可惜他已不在世上。但願他在天之靈知道我這番小小心意。……當時我曾想，將來《天龍八部》出單行本，一定要請陳先生寫一篇序。現在卻只能將陳先生的兩封信附在書後，以紀念這位朋友。」①

《天龍八部》附錄中有陳世驤《與金庸論武俠小說書（兩通）》，前一函寫於一九六六年四月二十二日。

此函，陳世驤評說《天龍八部》至今仍是最經典的評論：「讀《天龍八部》必須不流讀，牢記住楔子一章，就可見『冤孽與超度』都發揮盡致。書中的人物情節，可謂無人不冤，有情皆孽，要寫到盡致非把常人常情都寫成離奇不可；書中的世界是朗朗世界到處藏着魍魎和鬼蜮，隨時予以驚奇的揭發與諷刺，要供出這樣一個可憐芸芸眾生的世界，如何能不教結構鬆散？這樣的人物情節和世界，背後籠罩着佛法的無邊大超脫，時而透露出來。而在每逢動人處，我們會感到希臘

①金庸《天龍八部．後記》，載《金庸武俠小說全集》，廣州出版社，二〇〇八年。

悲劇理論中所謂恐怖與憐憫，再說句更陳腐的話，所謂『離奇與鬆散』，大概可叫做『形式與內容的統一』罷。」[1]

「無人不冤，有情皆孽」，大意是人生來有情，既然有情，人就必然要受感情的折磨，現實並不總像小說中那麼完美，人總要遇到感情，這一挑戰總有一天會降臨於你，你必將經受一番磨難。這是陳世驤對《天龍八部》全書主旨的揭示，書中所出現的人物無不為自身的貪嗔癡愛所困，造就了一個『無人不冤，有情皆孽』的婆娑世界。

天龍八部是佛經中八種奇異的神怪，金庸以其作為書名，隱喻的，似乎正是他筆下的芸芸眾生。在《天龍八部》裡，金庸第一次以佛教「大悲大憫」的思想來破孽化癡，用佛教的去貪、去愛、去取、去纏的經義來開導讀者，既增強了武俠小說的思想深度與哲學內涵，又充分顯示出金庸博大精深的學問。

《天龍八部》完成於一九六六年五月。陳世驤寫這封信時小說連載已接近尾聲，金庸請陳世驤閱評，陳世驤便作出如此精妙的評論，無怪乎有人稱他為「金學研究」領域的「天下第一」了。

① 陳世驤《與金庸論武俠小說書（兩通）》，《金庸武俠小說全集》之《天龍八部》附錄，廣州出版社，二〇〇八。

在信中，陳世驤又有一不情之請：「《天龍八部》，弟曾讀至合訂本第三十二冊，然中間常與朋友互借零散，一度向青年說法，今亦自覺該從頭再看一遍。今抵是邦，竟不易買到，可否求兄賜寄一套。尤是自第三十二冊合訂本以後，每次續出小本上市較快者，更請連續隨時不斷寄下。又有《神鵰俠侶》一書，曾稍讀而初未獲全睹，亦祈賜寄一套。並賜知書價為盼。原靠書坊，而今求經求到佛家自己也。」字裡行間可見這位學者對金庸小說的喜愛之情。

另一函寫於一九七〇年十一月二十日。

函首寫道：「良鏞吾兄有道：港遊備承隆渥，感激何可言宣。當夕在府渴欲傾聆，求教處甚多。方急不擇言，而在座有嘉賓故識，攀談不絕，瞬而午夜更傳，乃有入寶山空手而回之嘆。此意後常與友人談為扼腕，希必復有剪燭之樂，稍釋憾而補過也。」①

在此透露一樁事：陳世驤曾到香港金庸家拜訪，席間有朋友多人，並且攀談至午夜。

回美以後，陳世驤常與學生談及金庸小說，「當夜只略及弟為同學竟夕講論金庸小說事，弟嘗以為其精英之出，可與元劇之異軍突起相比。既表天才，亦關世運。所不同者今世猶只見此一人而已。此意亟與同學析言之，使深為考索，不徒以消閑為事。談及鑑賞，亦借先賢論元劇之名言立意，

① 陳世驤《與金庸論武俠小說書（兩通）》，《天龍八部》，廣州出版社，二〇〇八年。

即王靜安先生所謂『一言以蔽之曰，有意境而已。』於意境王先生復定其義曰，『寫情則沁人心脾，景則在人耳目，述事則如出其口。』此語非泛泛，宜與其他任何小說比而驗之，即傳統名作亦非常見，而見於武俠中為尤難。蓋武俠中情、景、述事必以離奇為本，能不使之濫易，而復能沁心在目，如出其口，非才遠識博而意高超者不辦矣。藝術天才，在不斷克服文類與材料之困難，金庸小說之大成，此予所以折服也。意境有而復能深且高大，則惟須讀者自身才學修養，始能隨而見之。細至博弈醫術，上而惻隱佛理，破孽化癡，俱納入性格描寫與故事結構，必亦宜於此處見其技巧之玲瓏，及景界之深，胸懷之大，而不可輕易看過。至其終屬離奇而不失本真之感，則可與現代詩甚至造形美術之佳者互證，真　之別甚大，識者宜可辨之」。①

從來往信函可知，金庸曾多次給陳世驤寄贈自己的小說合訂本。

陳世驤是海外第一代華裔人文學者，一生著述以中國古典文學最為著名。陳世驤中文論文和譯文最早由弟子楊牧（王靖獻）編選入《陳世驤文存》，大部分以英文寫成的論文未結集，但台灣早有譯介，並流傳播布於海內外古典文學學界。二〇一五年一月，學者張暉編選了《中國文學的抒情傳統：陳世驤古典文學論集》，這本書可謂集陳世驤先生一生學問精粹。

① 陳世驤《與金庸論武俠小說書（兩通）》，《天龍八部》，廣州出版社，二〇〇八年。

陳世驤最著名的學生詩人蓋瑞・斯奈德描述他的導師：「他熱愛詩歌，理解深切；他熱愛生命情調。他可以憑記憶引法文詩，隨便哪首唐宋詩詞他幾乎都可以默寫在黑板上。」如今，我們在這些文章中，除了讀到一個學者的學養、觀點，亦能看到一位去國離鄉的知識份子對母語文學傳統的眷戀。

人們對陳世驤並非總是讚譽之詞。《明報月刊》有篇文章說他是「舊式文人，打麻將、喝酒、唱戲」。五旬的陳世驤愛熱鬧，不再積極研究寫作，閑暇很多，朋友對他家夜夜雀戰相當不滿，常用被子把電話蒙起來，以免被催去填補三缺一。陳世驤沒有重要的英文學術研究專著出版，也沒有留下自傳。

他一九七一年五月去世時，年僅五十九歲。金庸在一篇隨筆中惋惜地說：「陳世驤先生生活如此豐富多彩，如果沒有過早去世，等到七十而從心所欲的年紀，寫出自傳來，一定很有趣。」

為金庸小說「解禁」而遊說
——台灣出版界「小巨人」沈登恩

二〇一八年伊始，一盤語音講話《我在大陸看台灣》火爆網絡。台灣資深媒體人到尾傾情獻聲：在大陸，金庸兩字無人不知，當然在台灣也是，但你肯定不知道之前在台灣，金庸小說到底有多火。[1]於是，在台灣當局變着花樣地「去中國化」的情境下，台灣民眾卻在懷念一位中華文化的至愛者和傳播者，他為文化歸宗而「招魂」的行動，給了當年民進黨蠢蠢欲動的「文化台獨」一記響亮的耳光。

沈登恩著有《解放金庸》一書，將金庸譽為「百年一金庸」。他不僅為金庸武俠小說在台灣「解禁」而四處遊說，還首倡「金學」即金庸小說研究。

金庸說：「我跟沈先生是好朋友，除了出版我的書外還有一份情感……」

① 到尾《我在大陸看台灣》，中國台灣網，二〇一七年十一月十六日。

（二）

一九六五年，金庸小說披着「司馬翎」的外衣在台灣登陸。一九七〇年，他的小說開始通過非正常渠道悄悄流行，改頭換面出現在台灣，不僅改了書名，而且被安到其他作者的名下，如《倚天屠龍記》改名為《至尊刀》，署名「歐陽生」；《俠客行》改名《漂泊英雄傳》，署名「古龍」；《笑傲江湖》改名《獨孤九劍》（或《一劍光寒十四州》），署名「司馬翎」。

一九七三年春天，金庸第一次踏上台灣島時，他的武俠小說在那裡仍是禁書，除了小說租書店冒着被抓、被關的危險，私下偷偷排印流傳的小本書外，一般書店裡是看不到的。

四月十八日至二十八日，金庸以《明報》記者的身份訪問台灣，跟蔣經國作了一席長談，還與當地報界、文化界的朋友見面、暢談。金庸觀察到，台灣的政治氣氛比以前開明，只是出於當政者主動的開明，既不是源於人民大眾，也不是輿論的推動。政治開明源於文化底蘊，是根深底固的華夏文化的誘導。在與台灣高層政要的接觸中，金庸發現他們沒有「唱高調」，沒有「浮誇吹噓」，而是「逐漸地腳踏實地」。首次台灣之行給他最深的印象，「不是經濟繁榮，也不是治安良好，而是台北領導層正視現實的心理狀態，大多數設計和措施顯然都着眼於當前的具體環境」。

金庸說，對於海峽兩岸，他無所企求，只希望整個國家好，全國同胞生活幸福。他畢生最大的願望，就是能親眼看到兩岸統一。當年還是「兩蔣」時期，還沒有「台獨」隱患。

訪台結束，金庸寫下三萬字的《在台所見．所聞．所思》。此文從六月七日到六月二十三日在《明報》連載，轟動一時，還出了單行本，仍供不應求。在讀者的要求下，《明報月刊》從當年九月起分三期再次刊出，大有洛陽紙貴之勢。

這天，正在台北晨鐘出版社工作的沈登恩，手捧一冊《明報月刊》，讀了一遍，饒有興趣，再讀一遍，若有所思……

他，二十六歲，人瘦瘦小小的，高中畢業，一個沒有任何資源的青年，卻有夢。他的祖籍是海峽那頭的閩南，一九四八年生於台灣。很小的時候基於一份興趣，他愛上了書，愛借書，愛買書，愛讀書，有了一小書架的書，那是天天將少許午餐費一角一元節省下來，餓着肚子，儲蓄起來買的。因為讀了些書，就學着塗鴉，在當時嘉義地區的中學生之間，有了小小的文名。高二那年，由他負責主編《嘉義青年》，這是一份由救國團主編的旬刊，十天出一期，每期四萬份，它在年輕學子中擁有很大的影響力。主編身份使他得到與文壇聯繫的機會，進而認識了一些作家，他的編輯經驗和淬煉文字的功力就是那時候奠下基礎的。

沈登恩服完兵役，隻身到晨鐘，主要工作是發行與經銷，使他在編輯經驗之外，又了解到營銷的重要。沈登恩很實際，有夢，卻從來不做超出自己能力之外的美麗夢想。在晨鐘的十個月讓他產生一種莫名的自信：我有能力在出版界闖出一番事業。

此刻，沈登恩琢磨着金庸的那句「政治開明源於文化底蘊」的話，偷偷藏在心底之夢的種子開始萌芽了。一年後，沈登恩懷着對文學和出版事業的濃厚興趣，邀約倆朋友共同創辦一家以出版文學書籍為主的出版公司。為勵己志，他以寓意深遠的「遠景」命名店名。著名文學家、台大教授臺靜農對其「遠景就在眼前」的一流廣告以及由此寓含的自信和抱負十分讚賞，親為遠景出版題寫了社名。

初涉出版，沈登恩除眼觀六路耳聽八方，留心讀者口味和市場信息外，還十分注意搶佔先機。那時，正值輕薄型小叢書獨領風騷，主流市場都跟隨這種版型走，無人敢攖其鋒。沈登恩認為這是行不通的，一定要反流行，反時髦，要創出自己的風格。人家已經成功的路，輪不到跟隨者分享成果，揀拾餘羹，不如不做。於是，遠景的書一面世就是三十二開本，本本都是彩色封面，在外型就給人一種很大氣的新鮮感。市面上的書為考慮壓低成本，頂多雙套色就不得了了，像遠景孤注一擲式全彩封面的大手筆，立即引發市場騷動。

但關鍵是內容的突破。一九七五年，台灣《聯合報》開始連載一部名曰《人子》的作品。《人子》作者乃旅美作家鹿橋，此前他已以一部《未央歌》在台灣紅極一時。《人子》連載的第二天，沈登恩便以敏銳的嗅覺預測到此作的價值，想方設法找到鹿橋的電話，和他商談出版單行本。人氣正旺的鹿橋一聽對方是無名小社，並未動心，故意誇口說：我的稿費跟海明威一樣高，怕你們付不起。當時鹿橋的稿費標準是一字一台幣，《人子》約計十五萬字，而沈登恩創辦遠景總共投資不過三十萬台幣。結果沈登恩二話不說，通過銀行貸款，果敢出手，當天就把稿費悉數匯給鹿橋，簽下了《人子》的出版合同。

創辦不到一年的遠景出版社靠《人子》一炮走紅。後來台灣有七家出版社不約而同找到鹿橋，商談單行本的出版事宜，得知已被沈登恩捷足先登而扼腕長嘆。

「辦出版就跟辦報紙一樣，最好搶獨家，早人一步，成功幾率就高。」這是沈登恩後來訪問金庸時說的話，是他的信條。

（二）

一九七五年初，沈登恩從香港朋友手裡得到一套《射鵰英雄傳》。一天一夜的工夫，他把全書看完了，腦海裡全是黃藥師、黃蓉、洪七公、郭靖、周伯通、歐陽鋒等人的影子，好像跟許多的俠客英豪把臂而遊。接着他又想法弄到了幾部偷偷流進台灣來的金庸小說，一遍又一遍地狂讀，看到妙處便不由擊案驚嘆。雖然他與金庸素不相識，但領略到了金庸筆下的世界，實在太精彩太浩瀚了，讓他嘆為觀止，輾轉難眠。

沈登恩發覺，喜歡金庸小說的何止自己，他聽說，蔣經國在年末記者遊園會中，曾與海外學人歷數《射鵰英雄傳》中的英豪。在蔣介石之後曾做過台灣地區領導人的嚴家淦，也派人找民間盜版的《射鵰英雄傳》來看。孫科在病中還念念不忘金庸小說。沈登恩得知，在我國的港澳地區和新加坡的地鐵、渡輪上以及巴士中，不少人的手上都有一部金庸小說，想來其他地方也一樣，「有華人的地方就有金庸的小說」。

沈登恩心裡有個疑問：世上既然有這麼好看的小說，台灣怎麼竟然沒有出版？他四下打聽，才知當時台灣正處於戒嚴時期，各地的出版品和文物均受到嚴格控管，當局一直視金庸為「左派」而將其所有小說列入「查禁目錄」。至於查禁的理由非常可笑：毛澤東的詩詞中有「只識彎弓射大鵰」之句，因而金庸的書名有影射毛澤東之嫌，是替毛澤東作宣傳的作品。然而，在當局的查禁下，書商巧妙地以改頭換面、張冠李戴的方式偷偷盜印金庸小說，「金庸」兩字卻被湮沒了。

一九七五年九月，沈登恩利用赴香港洽商之便，拜訪金庸。三說兩說，他把金庸說服了，和他簽下作品出版授權的合同書。臨別時，金庸贈送了自己在香港出版的全套小說給他。「沈登恩手裡有全套的金庸小說」，消息不脛而走。沈登恩在等待時機，一等就是三年。他感覺台灣的政治氣氛起了微妙變化，逐漸傾向解凍，便向國民黨當局提出：查禁金庸小說的理由不能成立，應當解禁。

在遊說時，沈登恩向新聞管理部門負責人宋楚瑜作過一個精到的說理：明末，在《水滸》爭議甚大並遭主流文化禁忌時，文學批評家金聖嘆卻大膽地把其文學價值拿來和《莊子》、《史記》相比，這種超卓見解和膽量，當時嚇倒了許多讀書人。不僅如此，這位怪傑還擺脫當時「誨盜」的道德批評，親授此書給十歲之子，讓兒子知道此書的好處，其曰：「如此書，吾即欲禁汝不見，亦豈可得？……今知不可相禁，而反出其舊所批釋，脫然授之汝手。」

費盡周折，沈登恩終於在一九七九年九月得到宋楚瑜的一紙公文，言「金庸的小說尚未發現不妥之處」，同意遠景出版社在台灣出版金庸的武俠小說。①

得知作品解禁的消息，金庸喜不自禁，寫信給沈登恩：「我的小說能在台灣出版，我當然也很高興。台灣讀書風氣盛，文化水準很高，任何作者都希望他的作品能接觸文化水準很高的讀者群，

① 鍾兆雲《台灣出版大家沈登恩》，《人物》，二〇〇四年第九期。

能受到欣賞，得到高層次的反應，希望有更多的人了解，我的小說並非只是打打殺殺而已。」

手握「通行牌」的沈登恩不失時機地施展開行銷策略，先是與《聯合報》、《中國時報》兩大報達成默契，邀約藝文學術界名家於兩報副刊上強力刊載推介金庸作品的文章，以為前鋒；繼而，《聯合報》於九月七日起連載《連城訣》，《中國時報》於九月八日起連載《倚天屠龍記》；同時，沈登恩在香港《明報》刊登《等待大師》的廣告，以擴大影響；最後在台灣分期推出皇皇巨著《金庸作品集》，呈現出袖珍本、典藏本、普及本「三雞同唱」的局面。金庸小說開始走進台灣民眾的家庭，連續數年高居書市排行榜中銷售第一名的位置。

遠景出版金庸正式授權的《金庸作品集》，猶如一道霹靂響徹台灣文化、出版界的天空。報紙不斷連載，評論界聞風而至，影視界磨刀霍霍，要把金庸作品搬上銀幕、熒屏。

但是，最受大家歡迎的《射鵰英雄傳》並沒有解禁，在台灣有關部門的眼裡，《射鵰英雄傳》的書名有「政治色彩」，還是要查禁，出版時只能改名《大漠英雄傳》。台灣電視公司立即着手準備開拍電視連續劇，交由陳明華導演。由於陳導演的《倚天屠龍記》贏得極高的收視率，《射鵰英雄傳》開拍消息一傳出，立刻震驚其他兩家電視台。但是，送審之後即被有關部門封殺。原因是毛澤東《沁園春・雪》裡有一句「一代天驕成吉思汗，只識彎弓射大鵰」，有人一直認為，這是嘲諷蔣介石不過一介武夫。

金庸為此撰文辯護：射鵰是中國北方民族一種由來已久的武勇行為。中國描寫塞外生活的文學作品，往往提到射鵰，「一箭雙鵰」的成語更是普通得很。毛澤東的詞中其實沒有「射鵰」兩字連用，只有一句「只識彎弓射大鵰」。中國文字人人都有權用，不能因為毛澤東寫過用過，就此獨占，別人就不能再用了。

「世界之大，只有中國才有武俠小說。天下武俠作者奇多，繁星滿天，獨有金庸才是俠之大者，眾星拱月。每一個人都需要童話，每一個人也都將長大。長大的大人要看成人童話。除了金庸的武俠，天下沒有第二家成人童話。曹雪芹寫成一部《紅樓夢》，道盡中國的人生，後人讀紅樓，感慨繫之，生出千百部『紅學』研究叢書。金庸作品集，一十四部，三十六冊，讀者遍佈全世界各個角落，中國人一讀再讀，左看右看，還是金庸。」這是沈登恩為《金庸作品集》親擬的廣告詞，刊登在每本書的封底。這段話，精闢地道出了世界眾多華人讀者對金庸武俠小說的普遍感受。

金庸的武俠小說已被尊為二十世紀中國文學的瑰寶。無論達官貴人抑或平民百姓，不管是學者教授還是販夫走卒，無論是老人還是婦幼，從中華大地到歐美加拿大，金庸迷遍及各個階層各個地方。照小說家倪匡來說，金庸的武俠小說是「古今中外」、「空前絕後」。作為在台灣第一位把金庸作品集正式印行、隆重推出繼而開「金學」風氣之先的人，沈登恩以他獨到的眼光和勇氣，在台灣文化界、出版界大出風頭。

（三）

一九八〇年五月十五日，沈登恩在台北招待來訪的倪匡，問他：「你以前有沒有寫過評介金庸小說的文字？」倪匡答：「多得很。」沈登恩大喜，說：「能不能寄給我？」倪匡答：「完全沒有剪存，不過不要緊，可以現寫。」沈登恩問：「可以寫多少字？」倪匡不加思索地說：「至少可以寫五六萬字！」

倪匡以為說過就算，誰知返港才幾天，沈登恩已托人將六萬字稿費帶來。躊躇竟夜，第二天一下筆，一口氣寫下來，幾乎沒有翻動過原著小說，全憑自已積年累月、數十遍看下來的心得寫成。前後總共寫了五天就脫稿。

十月十二日，沈登恩在香港《明報》上刊登了一則引人注目的廣告，標題為《等待大師》，宣告「倪匡執筆，金學研究第一集《我看金庸小說》是中國第一部有系統地研究金庸小說的專書，初版早已售罄，再版已經運到」，進而奉告讀者：「『金學研究』預定出版十冊，除邀約名家執筆外，特別歡迎讀者投稿。」

當「金庸熱」在台灣持續升溫之際，沈登恩又油然想到了當年金聖嘆首肯和拔擢《水滸》文學地位的盛事。從一個文化人和出版家的眼光來看，沈登恩深感自己出版《金庸作品集》的初衷並不僅僅是供人消遣，他希望世人也不要僅僅把金庸的小說當做純娛樂、消遣的快餐，而低估了其文學價值。在考慮推進金庸武俠小說學術化，進而讓武俠小說由在野變在朝的計劃後，沈登恩首倡「金學」一詞。所謂「金學」，指的是對金庸小說的批評與研究。

倪匡的《我看金庸小說》，確為中國第一部系統研究金庸小說的專書，而將金庸小說研究提升為一門學術專科即「金學」者，則是從這則廣告始。以研究武俠小說而成為一門獨立的「學」，在中國還是第一次。

果然，在沈登恩的大力鼓吹下，海內外探究金庸作品的文章書籍，很快就洋洋大觀。沈登恩主編的「金學研究叢書」不僅繼續出版了倪匡的《再看金庸小說》和《三看金庸小說》、《四看金庸小說》、《五看金庸小說》，其後則是三毛、羅龍治、翁靈文、杜南發等人的研究文章合集《諸子百家論金庸》之一、之二、之三、之四、之五。十冊之後，又陸續出版了溫瑞安的《談〈笑傲江湖〉》、《析〈雪山飛狐〉與〈鴛鴦刀〉》、《〈天龍八部〉欣賞舉隅》，舒國治的《讀金庸小說》，薛興國的《通宵達旦讀金庸》，楊興安的《漫談金庸筆下世界》和《續談金庸筆下世界》，蘇墱基的《金庸的武俠世界》，董千里的《金庸小說評彈》，多達三十多種，有賞析，有讚譽，注重可讀性和學術意味。每本書的封底，都有沈登恩親撰的廣告詞。

隨後，沈登恩親自撰文《百年一金庸》，介紹「金學」的緣起與意義；邀約眾家寫手，主編兩冊《解放金庸》，以求對金學研究的整合。沈登恩將「金學」與「紅學」相提並論，認為在中國文學史上，只有兩位作家的作品，真正做到了家喻戶曉，真正做到了寫盡中國的人生，那就是曹雪芹的《紅樓夢》與金庸的武俠小說。

一九八五年，廣州《武林》雜誌連載金庸的《射鵰英雄傳》，金庸武俠小說首次正式進入大陸。而金庸小說單行本在大陸的正式出版，較早是一九八五年四月天津百花文藝出版社印行的兩卷本《書劍恩仇錄》。這是經金庸授權出版的，金庸稱此為「一個愉快的經驗」。黑龍江省《克山師專學報》一九八五第四期發表了張放的《金庸新武俠小說初探》，這是大陸金學研究的第一篇論文，從此揭開了大陸金學研究的序幕。

與此同時，海外成立「金庸學會」，出現研究金庸武俠小說的博士論文，出版金庸研究刊物並開闢網站，有關金庸及其武俠小說研究學術討論會也接連召開。隨着「遠景」陸續推出三十來種金學研究的專著，金學研究在海峽兩岸三地蔚為風氣。

（四）

一九八〇年代中期，大陸對外開放，台港的出版物開始有選擇地進入大陸，其中沈登恩主持的「遠景」文學書引起了人們的注目。因為「遠景」有太多太多的「第一」：第一個把金庸引進台灣；第一個把林行止引進台灣；第一個把董橋引進台灣；第一個把倪匡引進台灣；第一個讓出獄後的李敖「重返江湖」；第一個在台灣推出諾貝爾文學獎全集……這些「第一」只要有一項就很了不起，所以大陸出版的《台灣出版史》也辟有專章評述。因為沈登恩人矮，因此獲得了台灣出版界「小巨人」的雅號。

一九九四年十二月，沈登恩的台灣遠景出版公司和金庸的香港明報出版社聯合大陸的一家出版社，同時在兩岸三地出版第一部關於金庸的傳記《文壇俠聖——金庸傳》。沈登恩曾致信金庸：「給作家出書就是交朋友，就如同種樹需要常常施肥。」他和金庸從陌生到熟悉，到成為經常互發傳真道晚安的朋友，正是從出書開始的。

新世紀初，陳水扁擔任台灣地區領導人，全面推動「去中國化」運動，在文教領域推出一系列「文化台獨」政策，旨在落實「台獨理念」，為「實質台獨」鋪路。與其針鋒相對，沈登恩將文化出版的觸角伸向了祖國大陸，要為台灣文化的歸宗而「招魂」。

二〇〇〇年，沈登恩帶着林行止的幾十種著作參加北京國際圖書博覽會。林行止是金庸向他推薦的朋友，曾與金庸同事多年，是香港《信報》的創始人，以善寫政經評論著稱。林行止的行文有着深厚的中國傳統文化的印跡，他常常借古諷今批評台灣當局，在很長一段時間內，他的書在台灣一直被禁止出版。「其實，他是愛你才批評你。」在沈登恩的遊說、爭取下，一九八九年，遠景出版社終於率先在台灣推出「林行止作品集」，受到台灣讀者的歡迎。

在北京國際圖書博覽會會場，不少大學生來看這些書。沈登恩誠懇地對大家說：「我是想幫祖國大陸打開一扇窗。」一位學生答道：「你幫我們把大門打開吧。」才過兩年，經濟日報出版社出版了《告別厚利時代》、《理想生意》社科文獻出版社了《一脈相承》、《經濟家學》，文匯出版社陸續推出的《英倫采風》、《閑筆生花》、《我讀我在》、《原富精神》，林行止在大陸的影響日益擴大。這背後，有不少沈登恩的努力。對此，他得意地說：「台灣文化，香港文化，大陸文化是同宗的，為文化歸宗招魂，我就是這樣一以貫之的人。」

林行止曾向金庸講述過一個故事：沈登恩在香港看了電影《臥虎藏龍》之後，馬上奔赴大陸，在茫無頭緒之下尋找《臥虎藏龍》原著作者王度廬的後人購買版權，幾經周折，終於得償所願。[1]緊

[1] 彭倫《出版社的成功在於風格》，《文匯讀書周報》，二〇〇三年二月二十五日。

接着，他將陳鋼的《上海老歌名曲》，金文明的《石破天驚逗秋雨》，黃永玉的長篇自傳體小說《無愁河的浪蕩漢子》，巫寧坤的《一滴淚》等書引進到台灣。遠景出版社以每年四到六種的速度推出了大陸作家作品集。他不計經濟效益如何，只為同宗文化唱贊歌，為本土文化尋根，為台灣文化歸宗而「招魂」。沈登恩曾驕傲地說：「出版社的成功在於它的風格，不在於規模大小。遠景最大的特色，是出版我自己喜歡看的書，很少被市場所左右。」

幾年裡，沈登恩常到大陸訪友，結交了許多學者和出版界朋友，每隔五六天就會聯繫一次，交換兩岸出版信息。每到上海邀請朋友見面，吃飯，喝咖啡，逛書店，聊天，是他的必修課，為的是將大陸學者的書引進到台灣。

比金庸年長兩歲的戈革是河北獻縣人，畢業於北京大學物理系，是中國最傑出的科學文獻翻譯者之一。他一生所譯著作超過一千萬字，其中以十二卷本的《尼耳斯・玻爾集》最為著名，曾被丹麥女王賜封「丹麥國騎士」，授勳章。他還是個超級金庸迷，不僅寫成專著《挑燈看劍話金庸》，還以一年多的時間，為金庸的十五本武俠小說的所有人物治印，刻成《金庸小說人物印譜》。《金譜》動工時，金庸便承諾書成之後由他出資出版發表，並將他推薦給了沈登恩。而這之前，沈登恩已經打算出版戈革的《挑燈看劍話金庸》一書。

已經接了書稿，沈登恩為什麼不馬上出版戈革的書呢？據說，金庸曾經給戈革寫信說明原委：戈革將書稿先投給了某出版社的，而該出版社正與金庸鬧着版權糾紛，幾年未解開，此時如沈登恩出版這部書，這個糾紛會鬧大了，為此將此書擱下了。金庸還惦着戈革那本未出版的書，在歉意中想給予補償，他向沈登恩推薦了戈革的印譜。

二〇〇一年秋，沈登恩自京至滬，隨身帶了一個大箱子，很沉，裡面裝着滿滿一箱「石頭」，是幾百方戈革所治金庸小說人物印章。一個七八十歲的老人，對金庸武俠小說如此癡迷，著書探討，別有見地，還先後用時一年有餘，篆刻尚無人輯錄過的金庸十五部武俠小說中的人物，製作印譜凡一千二百餘人共一千六百餘印（重要人物不止一印，還有題名等章）。這部《金庸小說人物印譜》堪稱鴻篇巨製，更是「自翻新樣論英雄」的特殊樣式，開了「金學」的新天地，沈登恩當然識寶，擬在台灣出版印譜和拓本。

受「去中國化」運動影響，台灣的出版業大不景氣，市場風險不言而喻。金庸為此提醒過沈登恩，但他不以為然，急於東山再起。他認為祖國大陸有眾多的創作人才，廣闊的讀者市場，他企圖立足台灣，依靠大陸，重振「遠景」雄風。他不止一次地指着外灘一幢十分氣派的大樓，對朋友說，「遠景」要在那裡設立 Office，在上海大幹一場。雖然，他也知道這可能只是個「遠景」，但他還是不懈地追求。

身為出版人的沈登恩，對金庸文學地位的早日形成具有特殊作用，他也由此和金庸成了好友。新加坡武俠小說家溫瑞安曾披露一事：有段時間港台盛傳遠景周轉不靈，有些出版人便開始打金庸作品版權的主意，他拿此事詢問金庸的看法，金庸斷然道：「我跟沈先生是好朋友，除了出版我的書外還有一份情感，我不想在這時候做任何對他不利的事情。」

二〇〇四年是「遠景」創立三十周年，沈登恩雄心勃勃，準備出版三十種大陸作家的書以示慶賀，也借此向兩岸三地讀書界宣佈「遠景」的宏圖大略。計劃的新書中就有戈革的《挑燈看劍話金庸》和《金庸小說人物印譜》，還有毛尖的《上海通信》專欄文選，陳子善的《摩登上海》增訂本和《說不盡的張愛玲》等，令人遺憾的是，二〇〇四年五月，年僅五十六歲的沈登恩病逝於台北，「遠景」計劃擱淺了。

現今，台灣遠流出版公司接替遠景出版公司出版金庸研究叢書，易名「金庸茶館」。

心一堂　金庸學研究叢書

76

離金庸最近的「金學」家
——大陸「金學」第一家陳墨

中國大陸金庸研究稱「金學」，「金學」圈裡的人如今多如牛毛，然而，金庸曾說：「有人未經我授權而自行點評（我的小說），除馮其庸、嚴家炎、陳墨三位先生功力深厚、兼又認真其事，我深為拜嘉之外，其餘的點評大都與作者原意相去甚遠。」

毫無疑問，陳墨是金庸最推崇認同的研究者評論者之一。他既是影視藝術理論家，又是金庸研究專家，被稱為大陸「金學」研究第一人，曾出版《陳墨評金庸》系列專著三百萬言。

陳墨是多部金庸電視劇的文學顧問、編審，他對金庸小說的評點頗受金庸推崇。他還參與《評點本金庸武俠全集》的名家評點，對《天龍八部》和《神鵰俠侶》的評點讓金庸心悅誠服。金庸在臺灣遠流版《神鵰俠侶》的後記中特別提到陳墨，讚賞他是個聰明之人，與其交往為「友聰明」。

金庸在書信中親切地稱他為「陳墨吾兄」。

（二）

一九八四年，剛剛考入中國社會科學院研究生院的陳墨，跨出了對他有著決定意義的一步——閱讀金庸小說。一天，陳墨與一位朋友相聚，說起彼此最近讀的書，那位在安徽一所大學教書的朋友推薦說：「你是研究文學的，應該讀一讀金庸的武俠小說。」說著遞給他一本《神鵰俠侶》。

不到兩天，陳墨將小說讀完了。書中男女主人公楊過、小龍女的情感與人生經歷了極為奇異的重重劫難，組成了一個充滿悲劇意味的故事。作者的筆真像是陳墨夢裡的一隻小艇，在波紋鱇鱇的夢河裡蕩漾著，蕩漾著一片碧波。於是他在碧波中尋夢，再讀《射鵰英雄傳》，接著讀《倚天屠龍記》，一本接一本地讀完了金庸的十五部武俠小說，然後讀梁羽生、古龍、臥龍生、溫瑞安等人的作品。

陳墨當過知青，下鄉歲月是一個缺少書籍的年代。一九六〇年八月，陳墨生於安徽望江縣，一九七六年中學畢業後下鄉，一九七八年首次恢復高考，他以優異的成績考入安徽大學中文系，一九八二年畢業後分配到徽州師專（現黃山書院）任教。這樣的經歷，讓這個愛讀書的學子尋讀的是經典名著和純文學的小說，自然而然地對武俠小說等通俗文學不屑一顧。此刻，讀完金庸，他對武俠小說簡直有些刮目相看了，一看、再看、三看，金庸的一些作品他已記不清看了多少遍了。

一般人讀武俠，看到的是書中描述的武功和書中人物所表現的俠骨義腸，而陳墨卻從書中發現了「奇跡」——金庸小說已不再是一般意義上的武俠小說，更不是一般人心目中的武俠小說，而是一個中國通俗文學史、中國白話文學史以及中國文學史上的奇跡，一個歷史上不多見的、自元曲及《紅樓夢》以來的中國文學的奇跡。於是，二十五歲的陳墨產生了專門研究金庸的念頭。那時他還不知道在海外已經有了所謂「金學」的創立與開拓。他攻讀的專業是中國現當代文學，自然不包括金庸及其武俠小說。然而，研究金庸這一「大逆不道」的念頭非但不能抑制，相反卻日益明確而且堅定。陳墨的觀點是，當下主流文化非常功利，我們格外需要童話。每個成年人心裡都藏著一個五歲孩子的童真。因此我們要向魯迅致敬，也要向金庸致敬。在堅持不懈的努力下，陳墨的文章漸漸零星地為幾家報刊所接納。

一九八八年，進入了中國電影藝術研究中心，成為該中心研究室研究員，研究方向有中國電影史及金庸小說。

對金庸情有獨鍾的陳墨，為了搞學問廢寢忘食已成家常便飯，因而年紀輕輕就鬧了個胃病。他的生活日程表幾乎都是「早晨從中午開始」，晚間人們熟睡的時候往往是他工作最專注的時候，他以犧牲自己睡眠的黃金時間來換取工作時間，而且數年如一日。他腦子靈活，對外在事件反應很敏銳，但他居然可以做到「不管風吹浪打，我自巋然不動」——不管外面和世界發生什麼變化，他可以依然搞他的學問，極力鼓吹「金學」，致力於「金學」的學科建設。他結合歷史、藝術等知識為《倚天屠龍記》《射鵰英雄傳》《神鵰俠侶》和《天龍八部》這些被爛熟於心的金庸武俠小說「解碼」。

這一年，陳墨發表《金庸賞評》一文，比較全面、系統地闡述了「金庸之謎」，希望以此打破評論界對金庸的沉默，為大陸的金庸研究揭開新的一頁。①最早給予陳墨以充分認可，最大限度激發陳墨研究金學信心的是一位文學老編輯，他是百花洲文藝出版社主編藍力生，成為陳墨的良師益友和研究金庸小說的領路人。正是由於藍力生的鼓勵和指點，他才潛心於金庸小說評論和研究，不到三年時間寫了五本書。那是一九九〇年七月，陳墨的第一部研究金庸的書《金庸小說賞析》由百花洲文藝出版社出版，責任編輯是藍力生。

陳墨攻讀文學碩士的指導老師是著名文學評論家陳駿濤，曾誇獎這個學生：「他讀書很多、很雜，上至天文地理，下至街談巷語，幾乎都有所涉獵。他又才思敏捷，博聞強記，只要他讀過的東西，即令是過了很長時間也能記起；在我的印象中，他讀書是很少做筆記的，材料全在他的

① 丁進《中國大陸金學論著目錄（一九八五——一九九六）》，《通俗文學評論》，一九九七年第一期。

腦子裡——他著實有一個很好使的腦子。最令人驚歎的是，陳墨寫文章從不打草稿，總是一氣呵成，一稿完事，而且寫作速度極快，一天或一夜寫萬把字是常有的事，寫完以後甚至連自己都不願看一遍就交卷了。」

早先，陳駿濤他從未注意到陳墨對新派武俠小說的迷戀，及至這年深秋，陳墨將《金庸小說賞析》贈予老師時，著實使他大吃一驚：自己的學生已經成為一個「金學」家了，我這個當導師的居然一點不知道。

一九九三年二月，《通俗文學評論》特闢「金學經緯」專欄，陳墨發表開場白《「金學」引論》，他從雅俗之辨、名實之辨、冷熱之辨三個方面談金庸研究的學科建設。大陸「金學」自此「正式」成立。

一九九四年，一直以出版精英文學聞名於世的三聯書店，就鄭重推出了《金庸作品集》，在學術圈引起了轟動；與此同時，在北京大學的課堂上，還有教授將金庸筆下的韋小寶與魯迅筆下的阿Q放在一起討論。

雖然金庸小說是世界華人圈子中最普及的中文讀物，但其在學術界的地位卻一直不被承認，這是因為在人們印象中，武俠小說基本上是「打打殺殺」的代名詞，缺乏文化含量。但陳墨卻以大量例證推翻了這一說法。陳墨認為，金庸的小說提升了中國通俗文學的地平線，達到了「俗而能精」的境界。同是武俠小說，梁羽生的作品體現了歷史與傳奇的二維，古龍作品體現了傳奇與人性的二維，而金庸的作品卻是歷史、傳奇和人性的三維結合，從他的第四部小說《射鵰英雄傳》開始，這三個維度水乳交融，人性與成長成為其作品的核心。

陳墨力圖改變人們對金庸小說和新武俠小說的偏頗觀念，但絕沒有廉價的吹捧。可能是因為金庸小說確實成就很高，也可能是陳墨對金庸有特殊的偏愛，他對金庸的評價是很高的，但這種高評價也是立足於分析基礎之上的。

陳墨指出金庸小說的主人公的人格模式有儒之俠、道之俠、佛之俠、無俠、浪子、反俠等六種模式。他還在專著《新武俠二十家》中論及金庸小說的情節模式，有復仇模式、搶寶模式、情變模式、歷史傳奇模式、反異族抗暴政模式等，並認為金庸小說情節結構不是單一的模式，而是幾種模式的融合。

不少人提到小說人物的時候，只能說出人物的某個性格特點，譬如說黃蓉靈動活潑，令狐冲瀟灑不羈，阿紫讓人痛恨，卻又同情……又或者是說出這個人物的某段經歷與自己相似，但這些無一例外都是片段式的印象。在陳墨的解讀裡，你會跳出之前片段式閱讀的局限性，學會結合全書的主題，來更深入地理解人物。比如評說《射鵰英雄傳》，這是一部南宋歷史烽煙中的英雄傳奇，是以郭靖、楊康兩位主人公截然不同的成長經歷為襯底；而在成長故事的字裡行間，卻還有教育的寓言，如人生教科書。江南七怪滿堂灌，讓郭靖無所適從，愈顯其笨，其實不過是應試教育的方法不高明。一旦由馬鈺寓教於樂，進而由洪七公因材施教，笨拙的郭靖便脫胎換骨，讓人刮目相看。而一旦遊學四方，觀摩東邪、西毒、南帝和中神通的學術路徑，更是卓然成家。非但楊康、歐陽克無法望其項背，即便是聰明絕頂的黃蓉，也只能瞠乎其後。《神鵰俠侶》非但是武俠奇葩，愛情寶典，也是成長故事的另一版本。主人公楊過命途多舛，無尋常路可走，只能另闢蹊徑，最後與郭靖殊途同歸，奧秘是：尋找自我、認識自我、建構自我。

金庸的第二部小說《碧血劍》。我們知道袁崇煥被崇禎皇帝殺掉，自毀長城。而主人公袁承志又見證了李自成也做了同樣的事情，把他手下大將李岩給殺了。所以在北京的街頭，李自成進入北京的北京街頭有一個瞎子在那兒唱，有兩句唱詞叫做「今日的一縷陰魂，昨日的萬里長城」。由這兩句唱詞，把李自成這樣一個起義軍領袖和崇禎這樣一個當權者的文化性質，和他們的歷史悲劇給牽連了起來，使得我們不能不想到，其實崇禎皇帝的廟堂和李自成的草莽民間有著同樣的行事邏輯，有著同樣的文化基因和背景。在一本書當中金庸並沒有像其它的武俠小說作家那樣，把李自成簡化成一個道德楷模或者是簡化成一個壞人惡棍，而是把李自成這樣一個個人魅力和他的階級局限、文化局限同時展現了出來，這是金庸小說跟別人不一樣的地方。

為自己落後於學生而遺憾之後，陳駿濤給陳墨的《金庸小說人論》一書作序，寫道：「陳墨對金庸和新武俠的研究雖然起步較晚，但無疑已成了大陸屈指可數的『金學』家和『新武學』研究家——他已出版了《金庸小說賞析》、《金庸小說之謎》和《新武俠二十家》三部書，還有五部論金庸的書也將陸續由大陸的三家出版社出版。這在大陸的研究者中恐怕是沒有人能企及的。有的學者儘管涉獵金庸和其他武俠小說很早，但至今卻未寫出一本書來——也許是不屑於寫，也許是寫不出來，而陳墨卻後來居上，儼然成為『金學』家和『新武學』家，而且是大陸『金學』第一家——這是客觀事實，不管你承認它還是不承認它。」①

其後，金庸研究蔚為熱潮，「金學」被提到了一個新的高度。正如陳駿濤所言，陳墨是大陸研究金庸小說最投入的學者，如果不是第一個，至少也是第一批敢於「吃螃蟹」的人。

不過，金庸本人對「金學」這名稱有點抗拒，認為有高攀鑽研《紅樓夢》的紅學之嫌。有一次兩人在浙江相遇，金庸曾當面對陳墨說：「大家也未必要把我的作品作為什麼了不得的東西來

① 陳駿濤《大陸「金學」第一家——陳墨》，《金庸小說人論》代序，二〇一二年十二月六日。

研究，其實累了的時候，躺在床上翻一翻，然後睡著了，也挺好的。『金學』這詞太高攀了，還是稱金庸小說研究為好。」

（二）

從此，陳墨和金庸有了長達二十多年的近距離交往。可是，一開始的接觸並不「順利」，為了保持文學批評的獨立性，陳墨即便屢屢和金庸同時出入各大會議，也不與他深入接觸。直到後來，金庸看了陳墨寫的文章之後（《一九五九年金庸小說變革和金庸人生的一個重大關鍵》），親自請陳墨為他寫傳記，這才讓二人就此建交，確定情誼。

再後來，陳墨便成了金庸小說的協助者之一。

金庸自一九九四年「退休」以後，用十年時間修訂他的十五部小說。新修版的出版引起了金庸迷的興趣，也出現了許多爭議。陳墨閱讀過一些作品的新修版，有些話想說，就有意識地將以前幾年閱讀金庸小說新修版的劄記整理出來。這時候，電視連續劇《神鵰俠侶》劇組聘請陳墨當文學顧問，製片人張紀中收到金庸尚未付印的《神鵰俠侶》新修版校樣，立即拿給陳墨參考。陳墨發現其中幾處該改而沒有改，就發電子郵件告訴了張紀中，張紀中立即將他的電子郵件轉發給了金庸。當晚，陳墨接到金庸從澳大利亞打來的電話，讓陳墨將全部校樣看完，給他直言不諱地提出意見和建議。陳墨答應了，給金庸寫出了十萬字的修改建議。當時《神鵰俠侶》新修版已經開始印刷，面對這麼大的修改幅度，金庸果斷採納，立刻打電話給工廠暫停印刷，馬上對著陳墨發來的電子郵件裡的意見，仔細修改了兩個月。其中，陳墨的意見和建議大部被金庸採納，很多細節都做了改動，比如金輪法王的名字為回避一些嚴肅問題被改名，小龍女出場時間、楊過練功過程以及兩人談情說愛的情節做了更為合理的改動。

於是，陳墨將此修改意見編成《〈神鵰俠侶〉吹毛求疵錄》一書出版。這之後，金庸每修改一部小說，都要發一個樣本給陳墨看看，收到陳墨的電子郵件之後，才能最終定稿。①一九九七年，陳墨參與《評點本金庸武俠全集》的名家評點，他對《天龍八部》和《神鵰俠侶》的評點讓金庸心悅誠服。

作為研究金庸的先驅，陳墨的《金庸小說賞析》是大陸金學研究專著的第一種。《金庸小說賞析》對金庸十五部小說逐部評介、賞析，對於金學研究，是一項深厚扎實的基礎工程，亦可視為一部導論。陳墨認為《紅樓夢》與金庸小說是中國文學史上的兩大奇跡，金學研究將會蔚然成風。

① 陳墨《為什麼說江湖內外，金庸都是個傳奇?》，《新京報》，二〇一八年十月三十一日。

之後他又接連推出《金庸小說之迷》、《金庸「武學」的奧秘》、《金庸小說的情愛世界》、《金庸小說人論》、《金庸小說藝術論》、《金庸小說與中國文化》等九部金學系列論著。陳墨的金學研究系統規範，條分縷析，夾敘夾議，文字典雅，從歷史背景與文化背景來探索金庸。此時擔任著中國電影學會副會長的陳墨原本是想「九九歸一」，放言「不再寫金評」。

然而，二十一世紀初，陳墨卻不知不覺地寫下了關於金庸的第十本書《金庸小說神遊》。因為《金庸小說賞析》與出版社的合同到期，他動了修訂再版之念，偶爾在電話中與上海三聯書店的編輯談及，一來二去，這件事就算是說定了。動手修訂的時候卻發現，十年前的舊作，許多觀點與他現在的想法已相去甚遠，甚至一些表達方式也不是他現在所能「容忍」的了。於是，不如乾脆重打鑼鼓另開張，重走一次神游金庸小說的浪漫之旅。

陳墨在後記中自述，他寫這本書還與女兒陳小墨有關。小傢伙當時剛剛上初中一年級，早已將金庸的小說看過一遍，她的看法與父親的大不相同。父女倆常常在家裡談及金庸小說中的人物，小丫頭喜歡的竟盡是老頑童、岳老三甚至丁不四一類邪門人物，往往還有她的一番歪理邪說，又常常是振振有詞。陳墨雖不至於張口結舌，但卻常常哭笑不得。於是他寫《金庸小說神遊》，希望與女兒和她的同代人作些平等而又深入的交流。

二〇〇三年，金庸在臺灣遠流版《神鵰俠侶》的後記中寫道：「古人說：『益有三友，友直、友諒、友多聞。』我覺得益友還可再加一項：『友聰明』。『聰明』與『多聞』並不相同。陳墨兄曾堅決要求『後記』中不可提他的名字，但對幫助了我的人必須感謝，既是為人道，又是國際通例，因此書此致謝，但為尊重陳兄意願，中國內地版中此段刪去。」那份知遇和感恩的心情，表現得再明白沒有了。從實際看，陳墨對於金庸的崇敬和支持，也當得起金庸的這番肺腑之言。

後來，陳墨給金庸就《天龍八部》的修訂版提過許多意見和建議，其立論功力頗受金庸推崇。

（三）

二〇〇五年，《武俠小說》雜誌開出專欄紀念金庸小說創作五十周年，陳墨撰寫文章，題目是《恭賀金庸先生五十歲華誕》。開頭寫道：「您先別吃驚：金庸今年才五十歲？我說，是的。金庸這個名字，確實是生於一九五五年，即是在一九五五年二月八日起隨小說《書劍恩仇錄》開始在《新晚報》的『天方夜譚』欄目中連載，金庸之名才登記註冊。這豈不正是金庸誕生的標誌？」正在英國讀博士的金庸看到這篇文章，馬上撥打陳墨的電話，幽默地說：「查良鏞三十一周歲的時候，生下一個孩子取名金庸，現在這個孩子已經五十歲了，可查良鏞剛剛背起書包去上學。」

二〇〇五年底，陳墨赴臺灣在淡江大學作有關金庸小說新修版的專題演講。他說：「金庸小說的『四佳』中，《神鵰俠侶》的人性探索，《天龍八部》的宗教寓言，《笑傲江湖》的政治象徵，以及《鹿鼎記》的歷史文化品鑒，無不超越了武俠小說的一般規範，而為金庸所獨有。」

作為金庸小說和武俠影視專家，陳墨還著有《中國武俠電影史》、《刀光劍影蒙太奇——中國武俠電影論》等專著，於是他理所當然成為多部金庸電視劇的文學顧問。陳墨說過，中國人的心理上有四大夢想：神仙之夢、明君之夢、清官之夢，還有就是俠客之夢。現在的影視作品中還是這些，使人不能不疑惑：歷史在哪裡？人民在哪裡？個人又在哪裡？神仙、明君、清官、俠客都是理想道德人格的典範，那麼，歷史與人性的真實及其人生的美感又在哪裡？因而，他要在金庸武俠影視中找回這些失去的夢境。

央視版《碧血劍》製片人張紀中評說道：「陳墨金學研究精深，他的指導文字，思路明晰，規整大氣，對我們在宏觀上把握《碧血劍》的拍攝和改編起了重要作用。」

《碧血劍拍攝秘笈》於二〇〇七年一月出版，書中文字選自陳墨《碧血劍》改編備忘錄、分集大綱、劇本初稿、三稿閱讀隨記手稿等。陳墨以透視般的敏銳，評解《碧血劍》的主題、風格、人物以及拍攝難點和要點；以精當的文字，批點該劇拍攝改編的訣竅與得失。讀者將隨著他進入該劇的故事之中，不僅看到許多「熱鬧」，看清許多「門道」，還可以將這許多的「熱鬧和門道」，與讀者看到的這部電視劇，乃至這部小說作有趣的比較，從而開啟自己的想像力，獲得多方面的快感與滿足。

後來，張紀中拍攝電視劇《鹿鼎記》，劇本創作也邀請陳墨當顧問，尤其對臺詞和故事頗為用心。誰都知道要想《鹿鼎記》成功，必先拿下小寶與康熙這兩個重中之重的人物，所以這版中對兩人的塑造相當出彩。

二○○七年的春節長假，陳墨是在電腦前度過的。出版社欲將他過去曾在不同出版社出版過的金庸小說批評研究著作集中出版。陳墨覺得，都是舊書再版，多少有點對不住讀者，也對不住出版社，在這個系列中，總該有幾本新書，才會感到心安。為了趕寫出新書稿，陳墨不得不調整原定的去外地休假過年的計畫。如此，妻子和女兒也不得不放棄外出度假的機會，陪著他在家中過年，有時候還要幫他查閱資料。等到書稿完成之日，妻子已經結束假期開始上班，而女兒過幾天也要開學了。二○○八年七月，陳墨評金庸書系由東方出版社推出，包括了《浪漫金庸》、《琴劍金庸》、《影緣金庸》、《孤獨金庸》、《藝術金庸》、《賞析金庸》、《人物金庸》、《修訂金庸》、《文化金庸》、《人性金庸》、《細品金庸》共十二部。

二〇一一年十月，陳墨在為家鄉大學生作「金庸小說與成長、成功、成才」的講座時，分別以《射鵰英雄傳》中智力遲鈍的學生郭靖、《神鵰俠侶》中調皮聰慧的學生楊過、《倚天屠龍記》中身體殘損的學生張無忌，以及《笑傲江湖》中的「三好學生」令狐冲這四種迥然不同的學生形象，結合生動的小說片斷，深入分析了當代大學生成長、成功、成才所要具備的「念頭、能力、眼光和方法」，激勵學子們潛心做學問，追求真知識。

二〇一九年十月，陳墨說：「金庸故去一周年，他的故事依舊迷人。」[1]由他主講的《陳墨說金庸》在蜻蜓FM開播，在裡面揉入了自己三十四載研究的精華，讓聽眾看到真實的金庸、宏大的江湖。

陳墨說：「在金庸先生生前的時候，我跟他也打過一些交道，中間還有很多的坎坎坷坷、曲曲折折、恩恩怨怨。那個時候並不覺得金庸先生是多麼重要，是重要的不可替代的這樣一個人。或許很多人並不覺得金庸先生有多麼重要，等到他去世之後，人們才倏然發現，我們的星空當中真的少了一大塊。我們才懂得為什麼西班牙授予瑪律克斯賽凡提斯獎的時候，會有一句話說，感謝瑪律克斯為西班牙語文學創造了新的經典。我們也要感謝金庸為漢語文化創造了無限魅力的文學經典。」

① 陳墨《為什麼要評說金庸？》，《陳墨說金庸》發刊詞，二〇一九年七月十二日。

他說，金庸不僅是講故事的人，他的九十四年人生，本身就是好故事，足夠傳奇，足夠勵志，足夠曲折，足夠深邃。金庸不過是查良鏞先生的多個化身之一，成就非凡的「飛雪連天射白鹿，笑書神俠倚碧鴛」，原是地地道道的業餘創作。他的職業身份，是著名報人，從《東南日報》、《大公報》及《新晚報》記者、編輯和專欄作家，到《明報》東主、社評家和明報集團董事局主席。很多人都熟悉金庸辦報故事，怕非一部專業博士論文可以說盡。有一條線索格外值得注意，那就是《明報》與《神鵰俠侶》誕生於同一年，即一九五九年；小說主人公楊過與作者金庸／創業者查良鏞的路徑，也是同一方向：同一種積鬱憤懣，同一種突破正統禮教大防的壯志雄心，同一面建構並且彰顯自我的精神旗幟。

陳墨認為，所有好的小說都有一個共同的特點，就是可以從不同的角度去讀解。魯迅先生評《紅樓夢》說是「經學家看見《易》，道學家看見淫，革命學家看見排滿，公子看見纏綿。」也就是不同身份的人從不同的角度去讀解一個小說，都能從小說當中得到共鳴。金庸的小說也是如此。它不僅是武俠傳奇之書，同時也是成長經驗之書、文化思想之書、傳記資訊之書。《神鵰俠侶》這部書是和金庸生平關聯的一部書。金庸一九五九年離開左翼陣營創辦《明報》，這個小說正好是《明報》創刊後開始連載，就跟金庸在一九五九年他三十五歲的時候，真正的成熟之年、真正的獨立之年和自立之年寫的這麼一個人物，這個人物跟他自己的傳記資訊有著更多的關聯。「在《神鵰俠侶》中，楊過成了神鵰大俠之後，他給自己製作了一面面具，不願意以真面目見人。而金庸先生在他自己內心世界之外，其實也有一個無形的面具，至少在我認識金庸先生的時候，他講話永遠是大方得體，回答得永遠是標準答案，永遠是跟場合非常相符，離他自己內心世界真實感受往往有一段不短的距離。大家要想瞭解金庸先生，千萬不能把他在接受記者採訪時候的那些話，當作金庸先生百分之百他自己心聲的表達。我們知道每一個人在社會當中都在扮演一種社會角色，都要說這個社會規定的角色應該說的臺詞和應該做的動作，而儘管先生是一個嫻熟於社會規範的人，而且尊重社會的人，到一個什麼場合他都會說非常得體的話，但是跟他內心真實感受不完全是一回事，所以我們要從金庸先生小說裡面來尋找金庸先生面具背後，就像楊過面具背後真實的形象。」

陳墨說，金庸提供了很多好的故事，是非常難得的故事，相當於一千零一夜那樣的無窮的魅力，並且常讀常新。在他的故事當中不僅是充滿著懸念期待和神秘感，同時也充滿著人生的感悟和對社會的這種關切。所以他的故事不僅是有精彩的外殼，更有精彩的內容。金庸的故事很迷人。證據之一，是金庸小說暢銷多年，流播廣遠。證據之二，是根據金庸小說改編的電影、電視劇作品層出不窮。改編金庸的投資者趨之若鶩，是因為金庸故事向來不愁沒有觀眾和市場。市場檢驗故事的品質成色，勝於任何個人的權威獨斷。金庸小說改編幾年一翻新，從另一個角度看，亦可解釋為，迄今為止，還沒有任何一部改編作品形神兼備至不可逾越。

他是為金庸立傳的最佳人選
——前任秘書楊興安

香港作家楊興安曾擔任金庸的秘書。作為一個潛心於「金學」的超級金庸迷，他當然是寫《金庸傳》的最佳人選。

在金庸小說的閱讀與研究方面，他用心最久。自一九八三年至二零一一年，楊興安有三種評述金著的作品面世，其中兩種「金學」論著——《金庸筆下世界》、《金庸小說十談》都在八十年代出現，名聞遐邇，享譽甚久，素為海內外「金庸迷」讚賞。

楊興安說：「金庸小說對華人社會影響深遠，小說用詞高雅，文字簡潔有力，深刻動人，充滿文學元素和藝術價值。雅俗共賞，充滿閱讀樂趣，表現高度的寫作美感。古代戰爭在金庸小說中一再出現。金庸以悲憫人的筆調寫戰爭的可厭可怕，充滿人道精神，情操高尚，使人產生崇敬之情。感受仁人志士的慈悲，對生命的堅忍、對使命的執著，在堅毅的失敗者中，我們可以看到人性的光輝。」①

① 楊興安《漫談金庸筆下世界》，台灣遠景出版社，一九八三，第七頁。

楊興安論金庸，角度多而不求面面俱到，提出自己與眾不同的見解，又能夠注意言出有據，這是「金學研究」從一開始就應該確立的良好文風。

（一）

二十世紀八十年代，從電視編劇崗位離職後，年逾三十的楊興安像每個胸懷遠大的文學青年一樣，計劃寫小說。為了小說要寫得出色。先要打好基礎，就拿自己最喜愛的金庸小說來拆解，研究金庸的寫作手法。花了半年時間，寫了一本《金庸筆下世界》來。新書出版後，他寄了一本給金庸。

第一次接觸，金大俠沒回音。

但《金庸筆下世界》卻帶來金庸迷的重視，當時台灣最大的出版社老闆沈登恩特意來港，聯絡上楊興安，要求他寫續篇，他也一口答應。過了三年，楊興安續篇初稿才寫就。一天，逛書店買毛筆練字，剛巧碰到金庸夫婦在書店，靈機一觸，何不要求作品先在明報逐日刊出？回家便鼓起了勇氣，選出兩章新作寄給金庸過目。

沒想到，一周後，接信的金庸親自打電話到舍間，問楊願不願意來明報當他的秘書。據知楊與安當時正好修讀碩士研究唐代傳奇，接到當代大文豪青眼邀聘，自然喜上眉梢，急忙相約會面。兩人見面甚洽，談得兩句，金庸有點急不及待建議楊興安下周一來上班。原來那天剛好是一九八八年八月八日，楊興安便成了明報的一分子，職位是明報辦公室行政秘書。

公司行政秘書的工作說多不多，說少不少，是站在報社的核心位置，與報社各部門都有接觸，金庸首先便囑咐楊興安有空到各部門拜訪一下，認識一下員工和部門情況，有時還要處理一些突發性的工作。可幸都並非複雜，不久便適應下來。不過原來有人視他為公司的御林軍。

楊興安未進入明報工作之前，從事的都是文教工作，先是個接受教育學院培訓的專業教師，卻嗜愛文學藝術。他在公餘之暇除了修讀一些藝術課程外，還經常撰稿寫作，作品常見刊於香港各大報章和雜誌。如今在香港文化界最受重視的報社工作，當能應付裕如。

楊興安比較特別的工作，是替金庸寫覆信。金庸盛名之下，各地都有讀者寫信給他，和他聯絡，向他詢問，甚而對金庸小說產生疑問時，都去信問個究竟，而其中內地讀者的來信最多。回信的程序，大都是金庸知道來信內容後，便用文字簡單的批核作答，再由秘書撰寫，金庸看過信稿無問題後，便親署回覆。

這樣輕鬆平常的工作，看來輕易為之。卻原來撰寫書信，是一門較特別的學問。因書信有書信的格式和許多專門的用詞用語，和一般的文藝寫作大有不同。楊興安初替金庸覆信，便出了亂子。金庸很有耐性，一封又一封的初稿都被金庸繕改。更令楊興安感動的，是有些初稿被金庸刪改後，還在旁邊註明為什麼要這樣寫，就像一個老師耐心指導學生一樣。

情況還是可喜的，要改的文字愈來愈少，楊也用心學習，差不多兩個月後，金庸無須再改他的信稿了，自始之後到離職當日，金庸再沒有更改楊興安的文字，讀完信稿後便簽署發出。多年後楊興安以此工作經驗經歷為題，撰寫了一本指導撰寫書信的專書《現代書信》，行銷逾二十年，儼然書信專家了。

讀者給金庸來信之中，不少人都是提出同一個問題，是向金庸討教，怎樣才可以成為一個成功的小說家。金庸的答話很公式的，他說：「沒有一個小說家，可以教導出另一個小說家的。想寫好小說，便要多讀多寫。」這樣的答案，當然令人不滿意，隨後他又補充說：「想學習寫小說，首先學習寫短篇的，不要一開始便寫長篇。作品要不斷修改，中國人說改善，不改不善。」這是當時的標準答話。其實，楊興安也有研究寫小說的，他認為寫小說如練習書法，沒有人可以教出一個書法家來，但要書法寫得好，還是有一些基本法則的。同樣寫小說，也是有些入門法則，否則便多走冤枉路了。

當日在明報工作，比較特別的是剛好遇上明報三十周年報慶，社長辦公室當然負責籌備慶祝節目。楊興安除了負責一般工作外，另有一項特殊任務，便是金庸囑咐由他主編一部《明報三十周年社論集》。他首先呈上計劃，打算從一萬份社論中選取九百篇社論，分上中下三冊刊出。上冊有關中國，中冊香港，下冊世界事務及其他專題，每冊內容三百篇。連社論集版面的大小，用紙，裝潢也一併計劃好，得金庸過目批准。於是楊興安花了近三個月的時間，公餘到存檔室翻閱萬篇舊社論，再選印千篇，分批載於二十冊檔案夾內，再給金庸親自挑選。

據楊興安說。這段期間能閱讀金庸三十年來親撰的社論，對社會許多事態的來龍去脈，發展的必然性和偶然性，增加不少知識和學識。尤其是吸收論事的眼光和手法，再讀四年大學恐怕都學不到，對金庸的學識才華，更為佩服。

他便常對朋友說，金庸小說是「九陰真經」，金庸的社論集卻是「九陽真經」。可惜的是，只有金庸的「九陰真經」傳世，他的「九陽真經」卻沒有出版。原來後來金庸對楊興安說「不出版報慶社論集」了，也沒有說明原因。朋友和楊興安談起，探究不出版「社論集」的原因，楊興安興趣索然地說：「大概我選的文章不對吧！」一個明報舊同事卻對他說：「你不要奇怪，金庸就是這樣高深莫測的。」

還有一件事也是高深莫測的：當年楊興安辭去工作後到武漢，和文化界朋友聚談，作家朋友錢文亮突然說：「聽說最近國內出版了一本金庸傳，傳言金庸讀後未感滿意，你既是作家，又如此接近金庸，金庸傳最好由你來寫。」楊說想來這不是輕易的事，便唯唯否否。誰知錢兄的建議竟被國內報章刊載出來，而又被金庸讀到。

有一次香港文化界的盛會中，金庸碰到楊興安，慎而重之對他說：「我早想找你告訴你，你不要替我寫傳啊！」楊感事出突然，無言以對，又是唯唯否否。金庸認真再說一次。楊興安後來說，能受到金庸識拔，怎好違背他的意思呢？後來對朋友明確表示，絕不會寫金庸傳了。

楊興安當年獲批到新西蘭移民，因而辭去明報的工作。不久發現在新西蘭居住，精神生活貧乏，並不適合自己，便回香港。正無聊時，發覺香港中區一大機構聘請中文秘書，便去函應聘。原來是長江集團聘請中文秘書，負責主席李嘉誠文書工作及審閱集團重要中文用稿。旋獲重用，展開他的事業另一章。

（二）

楊興安論金庸作品，首先是從生命體驗出發，然後又回歸到生命體驗。他把自己幾十年讀金庸的切身感悟與幾十年浪跡社會、搏擊人生的滄桑與會結合在一起，化成一篇篇精彩的人物談、性格談、命運談。因此他的文字，既不脫離小說文本，又與現實生活血肉相連，讀來令人心爽神暢，不論你是否同意他的見地，你都會肯定，他所談的，是金庸，而不是別的。

論金著的書稿曾從獨特的視角直接揭示金庸心靈，在評論金著小說第二部書《金庸小說十談中》，有一章小標是「莫大先生傷心瀟灑——談高人抑鬱。」楊興安致朋友的一封信中寫道：「我愛『談高人抑鬱』，因想到金庸這位高人，亦有抑鬱也。」[1]書中也有談及電影語言、男女關係方面的分析，新穎有趣。

比如評小昭，金庸筆下的可愛女子一章說「不如選半個波斯女郎的小昭。小昭和雙兒有許多相似的地方，也許雙兒就是小昭的化身。寧取小昭，不愛雙兒，就是雙兒的性格太單調、太假。這個人好像是為了韋小寶方投胎人世的，無笑無淚，你不會替她着急，不會替她擔憂。一個你不會替她擔憂的人，你對她的愛能有多深呢？

①楊興安《金庸小說十談．內容介绍》，明窗出版社，一九八九。

小昭不同，小昭有血有肉，有嗔有怒。她能委屈扮醜女、充侍婢，而非為自己的私利。對張無忌情深款款，又黯然自傷，對情郎有無言的懷戀，有無盡的失落。楚楚動人，讀到酣處，忍不住幻想能把她摟在懷中親熱呵護。假令女子都離開了身邊，急急流年，滔滔逝水，最挑人懷念的是誰？自然是小昭。所以筆者以為，金庸筆下之中，最可愛的女子，竟然是十大美人以外的小昭呢！」

金庸說，他看好這部書的原因，是因為許多學者的評論往往喜做宏篇巨論，而不大善於從細部入手，觀滄海於滴水，而楊興安的研究，十分注重細節，如從滅絕師太的教徒弟和殉道，得出她一生沒有違背「正邪不兩立」的宗旨；從韋小寶的索賄行賄，得出「韋小寶的成功在於洞悉人心」。而洪七公，原型是家喻戶曉的濟公。

楊興安論金著注重細節，又並非是隨意抽樣舉例。如他論述「癡戀成劫」者，就列出了段譽對王語嫣，韋小寶對阿珂，尹志平對小龍女，何紅藥對金蛇郎君，李莫愁對陸展元，武三通對何沅君，程英、陸元雙對楊過，狄雲對戚芳，游坦之對阿紫，阿紫對蕭峰，小昭對張無忌，儀琳對令狐冲，霍青桐對陳家洛，于萬亭對徐潮生，郭襄對楊過等一長串名字。點面結合，才使得立論既扎實又峭拔。

當一九七六年楊興安最初撰寫有關金著的文章時，就能夠「以金庸小說裡的故事為經，人心、際遇為緯」評述金庸小說。八十年代代初期，香港博益出版社出版楊興安的《金庸筆下世界》，因運筆圓熟，文詞高雅，對金庸小說抉幽發微，見人所未見，從而受到文友們的稱道，為文壇注意，一版再版，年青的楊興安已飲譽文壇。

由於楊興安曾任電視台的編劇，懂得戲劇和鏡頭的運用，這是一般評金庸小說的人缺乏的常識。他分析金庸小說中描寫擅用影像處理，有慢鏡、近景特寫、定格、長鏡等各種視覺的組合效果，確有神來之筆。他認為，唐代豪俠小說對金庸的創作影響最大。

楊興安認為金庸小說只是披了武俠的外衣。《書劍恩仇錄》是歷史小說，《碧血劍》是傳奇，《倚天屠龍記》是偵探小說，《神鵰俠侶》是愛情小說，《笑傲江湖》是政治小說，寫的是政治上的勾心鬥角，《天龍八部》是一部人性小說。

《射鵰英雄傳》才是武俠小說。金庸將常規的武打神化為內力，並將藝術的美感融匯到武功之中，例如「四大高手」——東邪、西毒、南帝、北丐，武功中都很有藝術意味。東邪飄忽，西毒霸道，北丐神勇，南帝沉雄，武功都經過藝術意象的處理。最後的《鹿鼎記》有很多爭議，楊興安說《鹿鼎記》在金庸小說中，是趣味性較強而又最難寫得好的傳奇小說，但文學性就未必最好。楊興安認為最好的是《天龍八部》，他到部門查詢，當時銷路第一的是《神鵰俠侶》。

楊興安曾參加三次國際性金庸研討會，他發現，有一個話題歷久不衰——金庸小說能否被列為文學作品？三次爭論都沒有結果。他研究後覺得金著可以被列為文學作品。因而和第一次出版談金庸小說相隔廿八年後出版《金庸小說與文學》，為金庸小說定位，認為金庸小說有文學的元素，有文筆，有文學的意境。

二十世紀六十年代之前，金庸小說風行港澳，卻被台灣列為禁書，七十年代台灣才解禁，沈登恩創立遠景出版社，想盡一切辦法與金庸簽下《射鵰英雄傳》的出版合同。

金庸小說立即風靡台灣。台灣文人才聞風而動，創作武俠小說，武俠小說成了台灣文壇浪潮。於是，沈登恩趁勢出版《金庸作品集》。一九八〇年十月，沈登恩推動金庸武俠小說學術化，首倡「金學研究」一詞，並策劃出版了一系列「金學研究叢書」，由旗下著名作家分別評論金庸小說。

沈登恩讀了《金庸筆下世界》後，大力推薦楊興安作品，並親身前赴香港，要求楊興安寫續篇，加入他的「金學研究叢書」。幾年後楊興安寫成續篇，由明窗出版社出品。在香港推出名為《金庸小說十談》，楊興安說書名是金庸替他取的。在台灣，《金庸筆下世界》易名為《漫談金庸筆下世界》；《金庸小說十談》易名《續談金庸筆下世界》，是遠景版「金學」專著。至一九八九年，台灣遠流出版社在台出版《金庸小說十談》，可見楊興安的作品在台灣深受歡迎。

二〇〇九年十一月，香港中央圖書館舉辦「金庸小說賞析」講座，楊興安的講題是「金庸小說之雅俗探討」，除了肯定金庸小說的文學性之外，更引用了兩段「午夜行舟」的出色描寫作為論證，他還提到初次為聽眾分析這兩段文字時，不少讀過小說的讀者都說沒有留意這些文字如此優美，皆因全副精神都放在精彩的武打和出人意表的情節上，而忽略了當中的詩情畫意。

二〇一六年七月，香港書展以「一代風氣開金梁——清談武俠巨人梁羽生、金庸」為題舉辦講座，邀請了家楊健思和楊興安主講。前者是梁羽生的關門弟子，幫他晚年整理文稿。擔任主持的是香港《武俠》雜誌社長作家沈西城。

楊興安透露，原來梁羽生曾埋怨他只評金庸，很少提及他，說他偏心。其實楊看武俠小說，梁羽生和金庸我是同時接觸到的。梁羽生還是開風氣之先。他說：「梁羽生的寫法是接近民初文藝小說，金庸則採用唐代傳奇的風格。」

（三）

楊興安曾替金庸和李嘉誠兩位風雲人物當秘書。退休後有人問他，這兩位時代的卓越人物有沒有共同點。。

楊興安簡潔地回答：他們兩位有相同的地方，都有超人的記憶力，而且都精力過人。許多香港人認為記憶力在智力中不太重要，其實是不對的。記憶力是智力的根基，也是創造力的重要部分。此外，認為他們還有共同點，那就是：都有明確的人生目標。替他們寫書信，兩人不約而同要求句語要謙虛些。兩人雖然富有，但在生活上也都比較節儉，尤其是金庸，有事指示下屬，不喜歡口頭傳達，喜歡寫字條。而寫字條用的卻大多是舊信箋，或舊檯曆的背面，從不作浪費之舉。這大概也與他們白手起家、深知創業艱難有關。

楊興安祖籍福建海澄（今廈門），在香港土生土長。家族中人楊衢雲是興中會首任會長，和孫中山共同建立第一個清末武裝革命團體興中會。楊興安父親楊拔凡和楊衢雲同一個爺爺，所以楊衢雲是他的堂伯父。

楊衢雲父親早年到外洋行船，所以學懂英文，也要兒子學英文。楊衢雲成了早年在香港少有懂外文的民主意識的青年，投身革命事業便毫不稀奇了。楊衢雲曾主持兩次武裝革命，是廣州首義和惠州之役。失敗後逃亡到越南、印度、南非。後來回居香港。剛滿四十時居於中區結志街時，為清廷派來殺手行刺殞命。

楊興安說：「歷史學家唐德剛曾言：一部中國近代革命史是應該從楊衢雲開始寫的。堂伯父和孫中山志同道合是革命手足，一個飲恨英年早逝，一個艱難締造民國。兩人的業績互相輝映，沒有孫中山的輝煌事業，堂伯父一生所做的只是泡影幻象；而沒有堂伯父的功事努力，孫中山萬事起頭難，革命是否成事難料。」楊衢雲去世後，葬於香港跑馬地香港墳場，墓碑不寫名字，只有一個6348編號。

當年香港革命組織因有楊派孫派之爭，楊衢雲事跡多被掩沒。其堂弟楊拔凡寫成《楊衢雲家傳》一書，補述其事跡。楊興安退休後多次接受電台、報章、電視台訪問，追述楊衢雲當年事跡。他於二〇〇九年撰寫舞台劇「無名碑」，描述楊衢雲革命生涯，在香港文化中心公演多場，備受注目。

楊興安還寫有舞台劇集《最佳禮物》，小說《柳岸傳情》、《女劍客棄夫殺子》，散文《浪蕩散文》，還有《古典詩文選讀》和《現代書信》。是個寫作的多面手。退休後再撰寫一本論金庸的著述《金庸小說與文學》，極受讀者重視。香港公共圖書館藏有其十五種著述。二〇一九是年底則出版《燭光下的歷史》，聲言是他讀史的新視野。

楊興安是中山大學文學博士，現為香港小說學會榮譽會長，香港作家聯會永遠會員，間中接受邀約講學。

專挑金庸作品「骨頭」的部落

——香港作家潘國森

二〇〇三年十月二十五日，金庸回到海寧參觀徐志摩故居，本書作者參與了現場採訪。我告訴金庸，我打算寫書，寫海寧的文化名人。我試探着，還未敢明說我要寫他的家人和他的故事。金庸說：「你的文章不錯，寫書麼你行的。」他將香港作家潘國森介紹給我：「歷史方面的、文字方面都可以找他把關。」潘國森是研究金庸小說的名家，原來早在上世紀八十年代，潘國森就曾經找出《金庸作品集》中的一些錯漏，列出了長長的一張清單，題為《金庸作品集勘誤》，送給金庸作為改版時參考。「世紀新修版」是最後一版的金庸小說，潘國森隨時可以說出那些細節是金庸參考過他的意見之後，才改成現在的模樣。只可惜筆者遲到二〇一四年才聯絡得上他。

初次聯絡上潘國森之後，他發來電子郵件，附上了他談及與金庸交集的文章。於是筆者發覺，在金學比較冷落的當今，潘國森還依然經常評論金庸小說，實在十分難得。

他是台灣遠流公司金庸茶館網站的「詩詞金庸」版主，為來了專挑金庸作品的「骨頭」，文開設「潘國森部落」，內容日新月異，引人注目。筆者發覺潘國森甚至稱呼金庸為「小查」，而他又認為金庸大概視他為「晚輩小孩」。於是我覺得，潘國森是有點兒「任性」的。

作家往往都有點兒任性，即聽憑秉性行事，率真不做作或者恣意放縱，為達到自己的目標而執拗使性，無所顧忌。最近，「任性」這個詞比較熱，人們所想表達出來的有兩種意思，一是聽任本能的意願，也就是潛意識的意願；二是因個人的原因，不屑作利益最大化的選擇。其實，任性沒有什麼不好，任性而行的人必定是一個純粹的文士。

香港作家潘國森也是。

（二）

雖然潘國森常說，自上世紀八十年代初之後，他就不再看金庸小說改編成的電影和電視劇；不過他與金庸小說結緣，卻直接受到金庸劇和金庸電影的影響。

一九六〇年，第一部《神鵰俠侶》粵語電影在香港首映，也就是這一年，潘國森呱呱墜地。一九六七年香港第二家電視台無線電視開台，不久該台買了這部由謝賢、南紅任主角《神鵰俠侶》電影的版權，小小的潘國森很想看這部戲。可是當時他家中的電視無法接收無線的節目，於是由父親安排去鄰居的店裡看戲，因為年少怕生，還沒有好好欣賞這史上第一部《神鵰俠侶》劇，就跑了回家。半個世紀過去了，仍是與這部戲緣慳一面。

到了七十年代，香港多了一家免費電視，就是只運作了幾年的佳藝電視。佳視一出，香港電視業進入了「三國時代」，競爭非常激烈。蕭笙為佳視監製的《射鵰英雄傳》一鳴驚人，捧紅了男女主角白彪和米雪。正是因為這齣《射鵰英雄傳》電視劇，展開了潘國森走進金庸筆下世界的一頁。仍是中學生的他開始讀金庸小說，第一部正是《射鵰英雄傳》①。當年他看這個版本《射鵰英雄傳》劇，見當中有一個稱為南帝的人物，便以為是作者杜撰的國家，後來自修中國歷史，才知道雲南真的出現過一個大理國。

潘國森先後畢業於香港聖類斯中學及香港大學工業工程系，可他仍然任性，常花心思在考試範圍以外的知識，比如粵方言學，性科學，音樂和中國文史哲學等等，這也好，養成了他的跨學科思維的視野，以至大學裡學的是理工科，後來卻在文學上嶄露頭角。他說過：「我是文學世界的檻外人，所以與會的學者都是初會。我在參與會議眾人之中，我是極少數不曾修過文學的。中學畢業之後，就再沒有國文老師，離開校園過了好幾年，發覺有許多國學上的疑問要請教老師時，才驚覺中學時期的幾位國文老師已不在人世。」②「想當年請教國文老師黎恭棣夫子怎樣學古詩文，

① 潘國森《緣結金庸半百年》，《百家文學》，二〇一五年二月號。
② 潘國森《側記二〇〇〇年北京金庸小說國際研討會二三事》，台灣金庸茶館網站。

夫子吩咐我先讀《古文評注》和《笠翁對韻》，結果買了評注卻找不到對韻，後來不了了之，現在便深悔『選錯了科』……到今天不會做詩，只算是還能夠拿起線裝書來翻翻，除了當年黎恭棣夫子吩咐讀《古文評注》之外，當然是因為多讀金庸小說之故。」話雖如此，前幾年潘國森還是用了不足一個月的時間，由從來沒有做對聯，學會了寫格律詩。

二十世紀八十年代，倪匡陸續出版「我看金庸」系列，揭開「金學研究」的序幕。潘國森到了上大學時，才看完了全套金庸武俠小說。有一天見到倪匡的《我看金庸小說》一書，當時第一個印象是覺得這一類「金學研究」的文字他也會寫。於是，他買齊了三十六冊《金庸作品集》，一邊精讀，一邊記下發現到小說的錯漏。到了著手寫點評論時，筆下便有如泉湧。

於是有了《話說金庸》面世。這是他的第一部「金學」專著，一九八六年由台灣遠景出版社刊行。三十多年後，他已出版了十多種「金庸學研究」作品。

潘國森在《金庸小說影響深遠》的自序中說：「許多人認為金庸小說不是正統文學，難登大雅之堂，但是什麼才算是正統呢？一件文學作品應該由誰人去判決是不是正統呢？其實文學作品不必正統，只要好看、有深度便足夠了。想《詩經》中的作品甫出世之時，必以頌、雅為正統，諸國風自是芻蕘狂夫之議，但是國風的藝術價值卻是最高。一件偉大的文學作品除了要寫作技巧高明和文字運用精練之外，還應該對人性善良的一面加以表揚，醜惡的一面加以鞭撻，或者二者兼備，我相信金庸小說確能做到這些，至於正統不正統的實在無傷大雅。或許等到有教育界人士敢於選取部分金庸小說作為國文科的教材，就再也不會有人稱之為『難登大雅』之堂。」因而，潘國森斷言：「愛讀金庸小說的人，自然常被引導到日常不可達之境界；各種情感亦必常在書中找出相類者；至於友儕間相互感染、終卷後數日不忘，或一剎那間忽起異感而難以自已，或自擬為書中人物而此身如非己所有等等，自不絕如縷。其他作者的武俠小說固亦有此等力量，但若與金庸相比，實難望其項背。」「金庸小說以虛構江湖幫派的『個人崇拜』，表達對時事的觀點，則是每一個合格的金庸小說讀者所熟知。《天龍八部》的星宿老人丁春秋、《俠客行》的天山派掌門白自在、《笑傲江湖》的日月神教兩任教主任我行和東方不敗，以及《鹿鼎記》的神龍教主洪安通都是此類。而每一例各有特色而不重覆，則從中可見作者筆底下的功力了。」

一九九六年，潘國森初次與金庸見面。後來有年輕讀者問潘國森是怎樣可以見到金庸，潘國森笑說：「我寫信給金庸，說想拜訪他，後來收到秘書小姐的電話，約了個時間到金庸的家見面。」小讀者感到十分驚訝，隨便寫封信給金庸就可以見面嗎？

潘國森告訴筆者，他這樣答是學了《天龍八部》主角段譽那「筆削春秋」的辦法，沒有提及那時已出版了第二部金學研究著作《總論金庸》，還有那份《金庸作品集勘誤》。金庸是廣受讀者喜愛的作家，每天收到海量的讀者來信，如果輕易接見讀者，真要門限為穿了！

那時，金庸住在香港島山頂道一號豪宅，當天在宅中一個小偏廳潘國森見了金庸。金庸的廣東話帶有濃重的吳語口音，潘國森大概只聽懂了七八成。首次見面，潘國森說的少，倒是金庸詢問的多，比如念書時學些什麼、平素讀些什麼書之類，都是些長輩初次見晚輩時常問的話。潘國森只問了他《鴛鴦刀》是那一年發表的，金庸說記不起了。①

談了約一小時已近午飯時間，原以為金庸會留他吃飯，不料金庸頻頻看表後吩咐司機送客。車程中司機問他是哪家公司的，他便說：「我是查先生的朋友。」這樣答也是實情，畢竟潘國森與金庸沒有業務往來，不是代表哪一家公司去見金庸，而且答是「朋友」總比較答是「讀者」體面些。潘國森還說了個有趣的故事，後來有位教授也是登門拜訪金庸，金庸因為預先有約，不能陪那位教授吃飯，便給了一個紅包當做東後便送客。教授當場欣然領受，出了門後打開紅包一看，卻勃然大怒！原來是嫌錢太少，後來便跑到去惡評劣評金庸小說的陣營去了！潘國森笑說：「金庸對我實在不夠朋友，人家是教授你就請吃飯，我是『晚輩小孩』你就不請我吃飯！結果你得罪

① 潘國森《與查先生的交集》，香港《文匯報》，二〇一四年十月二十七日。

了人家，給人家謾罵，還不是我給你討回公道？」

後來有一回，金庸的兒子查傳倜請金庸前秘書楊興安吃飯，楊興安拉了潘國森當陪客，席間查傳倜還送了一套《書劍恩仇錄》給潘國森，潘國森說這算「父債子償」，兩無拖欠了。①我們從中可以看到潘國森幽默和任性的一面。

早年潘國森接受電台節目訪問，談論金庸小說時，主持人問他有沒有跟其他也是研究金庸小說、發表過相關書籍和文章的作者交流，他回答：「沒有，且一位也不認識，從來都是孤家寡人光棍兒一條。」那時確實如此。

這個情況很快就打破了，此後不久，他結識了金庸的秘書楊興安，還與董千里通過信，並隔空交流切磋。雖然潘國森筆下稱呼金庸為「小查」，但是對金庸的好友董千里卻叫「項莊叔叔」！董千里曾經指出，看金庸電視劇時見乾隆皇帝開口講廣東話，感覺很怪。潘國森這才猛然醒覺不妥，卻從來沒有這樣想過。於是潘國森得出新的體會，那就是優秀的中國文學作品，每每能打破地域界限，大江南北各省各地的讀者都用自己的方言母語來讀。金庸小說亦不例外，因為潘國森是廣東人，一向用廣東話來讀金庸小說，便不會想到「乾隆皇帝講廣東話」有什麼問題！

① 潘國森《父債子償》，香港《文匯報》，二〇一四年十一月十日。

潘國森說：「項莊叔叔說我是『丐幫護法』，若說我的行為似『丐幫護法』，那就是罵人了。項莊叔叔不諳粵語，不知道廣東人說『某人正乞兒』是罵人的話，只不過項莊叔叔說我還有一招半式像『一陽指』，這頂高帽子大得很，『由頭殼頂笠到落腳趾尾』，足以抵消有餘，就不好意思發作了。」項莊是董千里的筆名，長期與金庸共事，也是潘國森敬重的前輩文人。

（二）

寫完了《話說金庸》之後，潘國森的手頭還剩下一些零碎的草稿，竟然束之高閣多年，直到一九九三年，他再着手寫新的「金學」研究，一連寫了《總論金庸》、《武論金庸》和《雜論金庸》三部。他戲稱：「雖然是近幾年才寫成，內中卻仍是夾雜着許多屬於少年潘國森的感受。現在，當年的餘稿已經全部用完，才可以說是正式與少年時的我告別，從今以後的金學研究，完完全全是我人到中年之後的觀點和感受。」潘國森的這些金學論著陸續在台灣遠流出版社出版後，雖被指責「抄錄小說原文太多，用典太多太僻」，但廣闊的文化視野，令其觀點與眾不同。

二〇〇〇年，潘國森參加北京大學的金庸小說研討會，金庸也到場，事後，潘國森寫了三篇側記。會上，有位教授代她的學生讀了一封給金庸的信。潘國森這樣寫道：「事緣先前幾位小姑娘送來一束鮮花，又與查先生拍照留念。查先生每人送了一張名片，這在幾位小女生是意想不到的禮遇，覺得很感動，有一位還哭了出來。信中說及幾位小姑娘念小學時就開始讀金庸小說，從中學習到中國傳統優良文化，並說畢生都會視查先生為老師。幾位八十年代出生的小朋友，是中國大陸大亂後出生的一代，那是一個信念瀕臨崩潰的年代，由此可見金庸小說於中國傳統文化實有存亡續絕之功。」[1]

這年，台灣遠流出版社的編輯建議潘國森在該公司的「金庸茶館網站」開個新專欄評論一下金庸小說中的詩詞。那「金庸茶館網站」原來由金庸小說台灣地區版權擁有者遠流出版社於一九九六年八月創辦，是最早取得金庸授權的網站，以金庸小說評論研究和版本研究享譽金迷圈。其中包括論壇、聊天室、線上購書等多方面內容。在這個金庸小說讀者交流園地發帖留言的讀者主要來自香港和台灣，也有內地和海外的朋友，既有由小學到大學研究院的學生，還有已畢業離校的年輕人，十分熱鬧。當然不會有人特意替人批改文章，但是若有誰的留言打錯字、用錯詞，很快就有網友提醒。潘國森說待在那邊一段日子之後，發覺許多青年人的文章進步很大，想必是觀摩人家作品時隨看隨學，隨學隨用之功。

① 潘國森《存亡續絕之功》，台灣金庸茶館網站。

從此，潘國森做起了「金庸茶館」網站「詩詞金庸」版主，每次發文都評論小說中出現過一首詩詞，既介紹詩詞的出處，也為年輕讀者略作解說，包括作者挑選、剪裁和改字以配合小說人物情節的高明技巧等。「版主介紹」中說：「潘國森，祖籍廣東南海，香港出生，香港長大。十六歲開始讀金庸小說，第一部是《射鵰英雄傳》，最喜歡《天龍八部》，是段譽的忠實擁躉。於國學和金學用功甚勤，考證引典功夫一流。已出版《話說金庸》、《總論金庸》、《武論金庸》、《雜論金庸》及解析系列前三部，自忖於金學一道，舉世已少有匹敵，自稱『二十世紀天下第二』，只服輸陳世驤教授一人而已。」

潘國森為「詩詞金庸」版塊寫下序言：「金庸小說裡出現過的詩詞何其多！但你可知道，書中主角口中吟唱的詞句，究竟是金庸自己作的，還是『移花接木』引過來的呢？卻又是引自何處，原典如何？哈！好奇吧！在閱讀金庸小說之際，千萬別忽略了這許多有趣的中國傳統文化事物。就讓我們從古典詩詞開始尋根，一探金庸文化寶山，可別空手而回哦！」

數年間，他在「金庸茶館」網站共發表了百多篇短文。

金庸在武俠小說中巧妙引用古詩詞，幫助渲染氣氛，烘托環境，描寫人物，襯托人物的性格特徵。潘國森的解析也很巧妙，頗添魅力，如《月出皎兮，佼人僚兮》一文，這樣寫道：

金庸小說的一大特色是下筆細膩，不會冷落了要緊的人物，而且敘事還很有幽默感。段譽是《天龍八部》第一男主角，故事由他帶起，也由他總結。金庸便經常在百忙中忽然間來個分岔筆，寫「小段皇爺」的癡，這一段《月出》詩也是用了這個筆法：

烏老大一聲嘆息，突然身旁一人也是「唉」的一聲長嘆，悲涼之意，卻強得多了。眾人齊向嘆聲所發處望去，只見段譽雙手反背在後，仰天望月，長聲吟道：「月出皎兮，佼人僚兮；舒窈糾兮，勞心悄兮！」他吟的是《詩經》中《月出》之一章，意思說月光皎潔，美人娉婷，我心中愁思難舒，不由得憂心悄悄。四周大都是不學無術的武人，怎懂得他的詩云子曰？都向他怒目而視，怪他打斷烏老大的話頭。

王語嫣自是懂得他的本意，生怕表哥見怪，偷眼向慕容復一瞥，只見他全神貫注的凝視烏老大，全沒留意段譽吟詩，這才放心。（《天龍八部》第三十四回〈風驟緊、縹渺峰頭云亂〉）

這段文字安插在烏老大向眾人講述三十六島七十二洞怎生受天山童姥「欺壓荼毒」故事之中，甚為有趣，而且還不是小段皇爺在這個場合第一次無故吟詩。先前是王語嫣叫他罷鬥，忽然間念了白居易《長恨歌》的兩句：「天長地久有時盡，此恨綿綿無絕期。」

這首《月出》是男子思念意中人的情詩，很適合這裡用。全詩共分三章，每章換五個字，反覆以月色比喻心上人的美態，並表達自己思念之苦。這種寫法是《詩經》中的特色，近代許多流行曲的曲詞也常應用。因為多重覆，所以金庸只挑了第一章的四句，並翻成白話。

皎是皎潔，皓是明亮，照是光照，意義都相近。

佼人即是美人；僚與懰都是美好，燎則是明媚。

舒是發語詞，沒有意義，只用來湊夠四個字，金庸卻弄個「愁思難舒」來「安置」詩中的那個舒。

窈糾、懮受、夭紹都是窈窕之意，正好給段公子用來喋喋不休的讚美王姑娘。

悄和慅都是憂念，不及一個慘字那麼慘。

美人如月，可惜月光不為我照。

悄兮！

慅兮！

慘兮！

潘國森認為，一部《天龍八部》，有英雄，有王子，有綠林，有貪念，有儒，有道，有佛，有色，有空。五十回的章回目錄可分為五首詞，合起來有《少年游》、《蘇幕遮》、《破陣子》、《洞仙歌》、

《水龍吟》，是金庸的最佳傑作，每首詞對仗工整、辭藻華麗、意境深遠，都是難得的絕妙好詞，顯示了金庸深厚的文字功底。現在讀起來，還覺得這幾首詞極有意趣，慷慨豪邁自不必說，亦有溫柔纏綿，所謂俠骨柔情。

在「詩詞金庸」，潘國森對《天龍八部》的五首回目詞作了箋釋。每首詞的內容固然和情節一致，更令人拍案稱奇的是，每首詞的詞牌名與書中情景相符，均起了提綱挈領的作用：無知少年王公段譽初涉江湖，辭宮遠游，自此掀起了江湖腥風血雨，是為「少年游」。「蘇幕遮」是「胡人舞曲」，由以詠蕭峰。大俠蕭峰被迫遠走窮荒極北苦寒之地的漠北，回歸契丹族人故裡。在遼國如魚得水，幫助遼主耶律洪基大破金兵鐵陣，揚名四海，威震九州，因之「破陣子」。小和尚虛竹在洞中消遙快活，勝似神仙。管他什麼胡漢紛爭、江湖恩怨；理他什麼戒律清規、王權富貴，只願和伊人洞中長相伴，此生無悔，好個「洞仙歌」。大俠蕭峰威懾群雄，來去如電，龍吟虎嘯，氣貫長虹，端的是矯如水中蛟龍，山中猛虎。威猛勇武直如天神，其大俠風範，古往今來誰人能企及？故稱「水龍吟」。

潘國森由是開始了「金庸詩詞學」。

二〇一三年六月，潘國森將先前解說《鹿鼎記》回目聯句的舊作結集，題為《鹿鼎回目》。

本書作者多年來走訪大量金庸的師友故舊，稱呼金庸為「小查」的，有比金庸年長一大截的浙江同鄉電影大亨邵逸夫，以及金庸年輕時曾經共事過的如許君遠、梁羽生、黃永玉等人。我初次知道潘國森這個後輩也稱金庸為「小查」，倒是感到有點驚訝和奇怪。

原來潘國森又在「筆削春秋」！他告訴我：「因為梁羽生在上世紀六十年代用筆名『佟碩之』批評過金庸的詩聯不合格，後來得到台灣學者吳宏一教授吳老師的啟發，才知道金庸後來在詩詞對聯下過苦功，七十年代修訂《金庸作品集》入面的詩詞對聯就合格了。」潘國森續道：「清初大詩人查慎行是皇宮中人盡皆知的『老查』，查慎行既是『老查詩人』，查良鏞就只能算『小查詩人』了。『小查』無非是『小查詩人』的省文，我總不能一篇文入面不停的『小查詩人』這、『小查詩人』那。先前了一個『小查詩人』，下文就全部省作『小查』了。」

（三）

繼「詩詞金庸」以後，潘國森對金庸小說的研究主要體現在「找碴」。

金庸武俠小說膾炙人口，受到高度讚譽。但多好的創作，總免不了有瑕疵錯漏。潘國森遂撰書一一指出金庸小說的錯漏。潘國森曾表白自己的心跡：「大概有兩類人用功在金庸武俠小說裡找錯處，熱愛這些作品的讀者，希望減少心愛小說中不必要的錯處，本人動機即在於此。第二類人不願見金庸小說取得較高的藝術評價，找出小小『問題』就如獲至寶，以為可以壓低金庸小說的成就，或者彰顯自己學問……」①

找碴，其實從他成為小讀者那會兒就開始了。三十多年前，他要清理一下全套《金庸作品集》的錯誤，希望心愛的作品減少不必要的鏬漏。他找到了些什麼鏬漏了呢？例如《俠客行》雪山派掌門白自在的兩大弟子是封萬里和白萬劍，書中於兩人誰是大師兄前後講得不統一，他按全書脈絡，訂正為封是大師兄，白是二師兄。又如《神鵰俠侶》寫楊過在桃花島用歐陽鋒教的蛤蟆功打傷了小武武修文，到後來重述這事，卻誤作打傷了武敦儒。這些都屬於前後「連戲」的問題。又如資料錯誤的，包括史實和不同部門的學問。如《碧血劍》有一場主角袁承志被溫家五老的五行陣圍困，金庸以「場外第三者」的視角解說五行生克、天干地支時出錯。又如他在小說中經常提到少林寺建寺千年，其實沒有做好簡單算術題。若以達摩在少林面壁算起（約在公元五百年前後），要到明中葉才夠一千年。如此種種。

三十多年前潘國森將明河社出版的三十六冊《金庸作品集》一字一句、從頭到尾精讀了兩遍，挑出看得到的所有毛病，計有插圖錯畫、手民之誤、資料不確，以及前言不搭後語，包括作者的描述和人物的言談等，他都收在那篇《金庸作品集勘誤》之內。

① 潘國森《何為修理金庸》，香港《文匯報》，二〇〇九年十一月二十五日。

一九八五年，他將《勘誤》寄給了金庸。後來潘國森收到金庸寄來的郵包，裡面有一套《鹿鼎記》，卷首貼了張藏書票，上面寫道：「國森先生惠存：多承校正錯字，感懷良深。金庸。」另外附了一封信。金庸給讀者覆信，一般都是口述內容，由秘書代筆，這封信，金庸親筆補了幾句，可能沒想到潘國森的年齡，同時也是金庸待人接物一貫謙厚客氣，下款還自稱為「弟」呢。①

出版第二本《總論金庸》時，為了加強宣傳效果，潘國森自稱「金學研究二十世紀天下第二」（只服輸於已故的陳世驤），當時的心態是一半開玩笑、一半認真。後來，他又加封自己為「二十世紀指出金庸小說錯誤天下第一」，「自覺比起『佟碩之』和『霍先生』之流高明了許多。金庸小說的優點，我絕不會比別人知得少；金庸小說的缺點，我卻比誰都知得多」。②

再後來潘國森又在免費報紙《am730》專設「修理金庸」專欄，刊登潘國森的「找碴」文章。網絡上出現一個名為「挑金庸骨頭」的潘國森部落。

二〇一〇年七月，香港次文化有限公司出版潘國森的《修理金庸》一書，書名還有一個副題：大師不應錯的小學問。潘國森在序言中說：「金庸在新世紀陸續出版『新修版』（我稱之為新三版）

① 潘國森《感懷良深》，香港《文匯報》，二〇一四年十一月三日。

② 潘國森《雜論金庸．後記》，明窗出版社，一九九五。

之後，過去的『金庸小說研究』可以說要給『推倒重來』，我亦不打算再花時間寫『金庸小說研究』的文章，所以在『金庸茶館』的專欄都停了。二〇〇九年，出版人問我是否可以寫一部《修理金庸》，我既自認『二十世紀指出金庸小說錯誤天下第一』，自然不好推辭，總不能說寫不出來吧！而且金庸親自修改了全套小說，再有錯誤就『難辭其咎』了。……雖然希望從金庸小說研究退休下來，但是先前把話說滿了，有人『點唱』，總得給個『說法』，萬萬不能臨陣退縮也。」他說：「今天學界十分重視通識教育，通識科着重處理資料，在書中找錯處，正好能鍛煉出研判文字信息真偽對錯的技巧和能力。在金庸小說中找錯，或可以作為通識教育科的課外習作。」

香港文化博物館二〇一七年開設常設展館「金庸館」，展示金庸武俠小說的創作歷程與其小說對香港流行文化的影響，並於九月十日舉辦「金庸、金庸小說與我」分享會，邀請潘國森和香港作家楊興安主講。潘國森的講題是「看金庸、修金庸、論金庸」，細數他與金庸小說結緣四十年的經過，分享他由看改編電影和電視劇、閱讀原著小說到著書評論等話題。

二〇一八年十一月十三日，也就是金庸去世兩周之後，潘國森來到杭州，在浙江工業大學屏峰校區現場講述金庸不一樣的「江湖」故事。潘國森笑稱自己是金庸講座的「專業戶」，並在現場為師生們帶來了一系列闢謠，如「演員林青霞飾演的東方不敗是經典，其實不然，金庸本人對這樣的評價並不接受，因為在金庸筆下的東方不敗是一個醜陋的男人形象，但在影視劇中卻變成了一個大美女。金庸真正讚揚認可的影視形象是石堅飾演的金毛獅王，以及周海媚飾演的周芷若。」

潘國森自忖於金庸小說用功最勤，創見也最多，千禧年前作品有《話說金庸》、《總論金庸》、《武論金庸》、《雜論金庸》、《解析金庸小說》、《解析笑傲江湖》、《解析射鵰英雄傳》等十部專著。二〇一四年是金庸九十大壽，以書作為賀禮，潘國森主編了《金庸學研究叢書》，已出版了台灣王怡仁的《金庸小說版本研究系列》共兩種書，題為《彩筆金庸改射鵰》和《金庸妙手改神鵰》；他自個的《金庸詩詞學系列》，已出版《鹿鼎回目》；以及歐懷琳的《金庸商管學系列》，已出版《基礎篇》。這套叢書是從更學術、更嚴謹的高度將「金庸學」推上更高峰。

一代宗師金庸離開讀者之後，潘國森為「心一堂」主編新的《金庸學研究叢書》，光是二〇一九年就一口氣出版了《金庸與我——雙向亦師亦友全紀錄》、《金庸命格淺析——斗數子平合參初探》、《金庸詩詞學之一：雙劍聯回目　附各中短篇詩詞巡禮》、《金庸詩詞學之二：倚天屠龍詩　附射鵰三部曲詩詞巡禮》、《金庸詩詞學之三：天龍八部詞　附天龍笑傲詩詞巡禮》、《金庸詩詞學之四：鹿鼎回目　附一門七進士叔姪五翰林》（《鹿鼎回目》增訂版）。還會陸續推出舊作的「增訂版」，二〇二〇年初已出版了《話說金庸》（增訂版）和《總論金庸》（增訂版）。

讀書寫書如令狐冲之俠風
——「精神俠客」徐岱

徐岱說自己：「我不喜歡別人介紹我的那一串頭銜，因為我就是一個普通人。何謂普通人：即沒買房、沒買車、沒離婚。一個和明星一點兒不沾邊，也沒撈到什麼廣告拍，連婚都沒有離過的普通男人。」

其實，浙江大學文科資深教授徐岱和金庸是忘年交，早年金庸到浙大期間，徐岱經常以「全陪」的身份照顧其左右。後來，他不僅陪金庸多次遊覽西湖，還走了國內很多地方，如去太湖邊探訪「笑傲江湖」，去朱家尖海灘領略「神鵰俠侶」，去少林寺感受中國寺廟文化等。

這個男人並不普通，金庸任浙江大學人文學院院長時，徐岱是他的得力助手。

徐岱是著名的人文學者，金庸視他為「精神俠客」。

（一）

徐岱生於一九五七年十月，祖籍是山東文登，而他生於上海，長在浙江舟山，因為他的父母是南下幹部。海邊長大的徐岱有一股「面向大海，春暖花開」的激情，在對「人文」一往而情深的激情之下，他給風起雲湧、快意恩仇的金庸小說寫下了理性的文字解讀。

徐岱是家裡的獨子，沒有兄弟姐妹一起玩耍，所以從小養成了熱愛看書的好習慣。舟山是海島，小時候，他喜歡到定海的碼頭邊去看海。一九七七年，「文化大革命」後恢復高考，愛看海、愛看書的徐岱便成為了當年舟山地區的文科狀元。他在大學畢業後，到《舟山日報》當過兩年記者，後來覺得自己最熱愛和擅長的還是人文領域的研究，所以毅然考回當時的杭州大學讀研究生，以後就一直留在浙江大學教書。自一九八一年起，徐岱陸續發表論文近二百多篇，出版了《小說敘事學》、《小說形態學》、《美學新概念》、《邊緣敘事》等十三本學術專著。在一九九二年六月晉升教授之前，他竟然沒讀過一本金庸小說，連查良鏞的名字也沒關注過。「因為我小時候曾被舊的武俠小說傷害過。」他說，那時看了《七俠五義》，便從一堵高牆上嘗試着像江湖好漢那樣輕輕落下，結果崴了腳，傷筋動骨養了一百天，從此他拒絕了武俠小說。

一九九三年春開學不久，徐岱接到校長的電話，說香港的金庸來校訪問，讓他一起參加會見，並由他陪同金庸夫婦參觀學校。金庸是誰？作為浙江大學中文系主任並擔任中國現當代文學研究生導師的他，一頭霧水。他向其他教師打聽，讓他們頗覺奇怪：你居然不知道香港的武俠小說作家金庸？於是，他趕緊找金庸小說，但要在個把小時裡弄個究竟已不可能，只得裝模作樣地趕去應付。初次見面，金庸大概看出他對其作品的無知，卻並不在意，這讓徐岱好生尷尬。自那以後，他開始閱讀金庸小說。

徐岱是一個跟着興趣走的人，一直與書打交道，讀書，寫書，讀金庸的書，寫金庸的書，是他人文研究中的一個長遠的興趣。二十世紀末，對金庸的研究已被堂而皇之地稱為「金學」。徐岱原本是以文藝理論研究為業的，此前似乎並未涉足過對具體作家作品的批評，而今，他對金庸小說一往情深到忘乎所以了，很快躋身於「金學家」的行列。

一九九七年初，徐岱在《浙江大學學報》發表《論金庸小說的信仰之維》一文。他認為，在金庸的小說世界裡，儒、道、佛等中國宗教文化傳統只是作者上演現代「生命之舞」的舞台。金庸小說的成功在於以「入世」與「出世」的生命衝突為背景，構築了一種藝術張力關係。小說的真正特點在於通過對作為一種「性的宗教」的愛情神話的生動描寫，表現了對自由生命的信仰。徐岱說：「金庸小說的迷人之處，在於它提供給我們一種賞心悅目的藝術享受。在這裡，精神的解放和生命的高揚超越了單純的思想啟蒙，審美的興奮淹沒了接受教育領會知識的樂趣。金庸小說的成功並非在於表現了傳統宗教文化，而在於作者利用這些文化來創造出了真正的藝術。」「事實上，正如金庸世界的真正魅力不能歸之於儒、道、佛等中國宗教傳統，它無疑也無法被納入基督教文化之中。在金庸的小說中，作者只是以其充沛的激情，通過營造愛情的烏托邦景觀而隆重地推出了一種自由生命的理想。在這個天地裡，生命的個體性得到充分的肯定和尊重，生命的神聖性被充分地凸現和讚頌。……這其實是金庸世界和現代性的體現，屬於真正的藝術精神。」

在此，徐岱對金庸小說提出了新的認識，「因此，那種因金庸作品裡涉及到不少佛道經典，體現了一些儒教思想，便視之為中國宗教傳統的形象讀本的說法，是十分不妥的。與此同時，我們還要指出，我們對金庸作品的認識不能僅僅停留於此。因為上述這種藝術的張力場只是金庸先生建構其藝術寶殿的基礎，這座寶殿的竣工來之於對這個佛道世界的超越。正是這種超越才形成了金庸小說中的信仰的空間，一種具有『類宗教』品格的精神性存在。因為無論佛家還是道教，它們最終都粘連於世俗人生，為自己保留着一條『返世』的『綠色通道』，不具有真正的精神界面。」「可見，金庸筆下獨立不羈的俠士們同各類道門人士的本質區別在於：他們反對的是一種抹殺修改的「集體主義」，但並不反「社會」，他們堅守修改自尊立場恰恰是反利己主義的。……顯然，這正是金庸先生如此堅定地將他的小說主角們幾乎無一例外地都塑成了愛情至上主義者，在整個金庸世界都奏響『愛情頌』的良苦用心和形而上意義之所在。因為，只有一種力量能從內部即從根本上動搖利己主義，這就是愛，而且主要是性愛。也只有從這裡出發，我們方能更好地體會金大俠為什麼終於向世人告白：『我崇拜女性』。」①

二〇〇〇年十一月初，徐岱與金庸在北京大學「金庸小說國際研討會」上碰面。徐岱在會上發表論文《論武俠文化》，把魯迅的「獨異者」、林語堂的「放浪者」與金庸小說裡的令狐沖、楊過們相提並論，抽象出其中的烏托邦理想主義品格，對金庸小說作了人文方面的思考。他說：「金庸作品之所以更受好評，原因之一也就在於他是將武俠小說當作『小說』來寫，強調它作為『文學』的特性。用他自己的話說：『武俠小說寫得好的，有文學意義的，就是好的小說，其它任何小說也如此。畢竟，武俠小說中的武俠，只是它的形式而已。』正是出於這樣一種創作觀，金庸在其武俠寫作中，將原本為此類『江湖傳奇』所不可避免的『快意恩仇』的行徑，作了進一步的淡化處理。……走遍金庸的武俠世界，我們很難看到如《水滸傳》裡武松血濺鴛鴦樓，痛殺張都監全家老少十多口這樣的，讀得讓人興趣盎然的殺人場景。……正因為金庸小說對這種『大俠精神』作出了全面弘揚，使得他的作品較其他武俠小說更具有一種內在的英雄旋律。這形成了金庸作品的一大特式：泛英雄化。」「作為當仁不讓的新武俠小說的掌門人和為俠文化在當今社會恢復名

① 徐岱《論金庸小說的信仰之維》，《浙江大學學報》，一九九七年第一、二期合刊。

譽的第一高手，金庸武俠寫作的主要業績，仍然是體現於他所營造的那許多浪漫的傳奇故事裡。浪漫的故事需要非凡的主角，但在金庸的世界裡，這樣的主角如前所說既非蕭峰那樣的蓋世英雄，也不能是胡斐那樣的俠中之俠，而是如令狐冲這般的具有高貴天性的人。……可以認為，如何借武俠小說這種文體來表現這樣一種『貴人』，這是金庸由不自覺走向自覺的一條創作軌跡。」①

這裡，徐岱對《笑傲江湖》中的「一號」人物令狐冲另眼相看，後來在一篇談論文藝美學的文章中，他又說：「令狐冲，無疑是金庸整個創作中最有美感魅力的人物之一。這種魅力來自於他對『名、利、權、色』這人生四大欲的超越。用作者金庸在小說後記裡的話說：『他是天生的隱士，對權力沒有興趣。生命中只重視個人的自由、個性的舒展，唯一重要的只是愛情。』正是憑着這份愛，令狐冲超越於眾英雄之上，比他們更多了一份審美魅力，成為整個『金庸天地』裡獨步天下的審美形象。也許我們可以認為，這份愛成了令狐冲的阿喀琉斯之踵，因為他只能將這份感情奉獻於一位姑娘，而未能像那些『無產階級戰士』那樣屬於『全人類』。在某種意義上，這正體現了以自由為前提的愛欲的一個悖論：因為人性是在單個人身上開始的，正如歷史是從單

① 徐岱《論武俠文化——關於金庸小說的人文思考》，收入《二〇〇〇北京金庸小說國際研討會論文集》，北京大學出版社，二〇〇二。

個的事件中產生的一樣，當我們去愛、去恨、以『人』名義活動時，我們每次想到的總是一個人。」「所以王國維『意境』說中的一切『無我之境』，歸根到底還是『有我之境』。從這個意義上說，我們也就無權對令狐冲吹毛求疵，指責這位英雄的人生格局未能從個體存在之中突圍出來、生命境界不夠闊大，因為他所擁有的這份愛欲不僅真實而且充實。這種充實來自於一種『忘我』之境：在這種『忘我』狀態裡，通過『我』與『你』的結合而產生人與人的溝通，使彼此擁有一種共同的生命體驗，由此在其存在中感受到整個世界的波浪衝擊，達到自我意識，結束作為個別的存在，使我們之外的生存涌入我們的生存。」①

徐岱的《俠士道》一書，以「金庸小說與中國精神」為題，強調金庸武俠敘事是中國傳統文化中最為寶貴的「俠士道」理念的文學體現，是對孔子畢生提倡的「君子道」思想的形象詮釋。於是，他重啟了關於金庸小說人文意義的討論，對金庸小說之所以成為二十世紀中國文學的偉大經典進行了重新梳理和深度闡述。

徐岱的「金學」論文還有《論金庸小說的藝術價值》、《論「成人童話」的藝術精神》、《君子道與俠客行》等。他試圖對金庸小說的藝術品位首先從理論上予以確立，他說：「金庸小說的

① 徐岱《自戀主義與美學問題》，《文藝學新週刊》，北京師範大學，二〇〇七年六月。

成功便在於將這種理想品格化為一種詩性的激情，有機地融入到了故事情節的設置和人物個性的鑄造之中。……金庸世界裡的男女、俠客們癡迷地追求愛情幸福的過程，其實也便是他們勇敢地確立自己的個性，捍衛神聖權利的過程。……所有這一切都來自於以『金庸』這個名字命名的武俠世界。在這個天地裡，傳奇故事成了『人生大寫意』，現代小說同古老的神話想像開始重修舊好。這樣的努力不但使金庸小說具有了很高的藝術價值，還對當代漢語小說創作具有重要意義。」①

徐岱認為，金庸作品的生命力來自於廣大讀者的選擇，並不取決於文壇墨客們的認同。「讀金庸無需理由，只要一點功名之外的閑情逸致，外加一份對江湖傳奇的閱讀興趣。能夠閱讀金庸肯定是一種賞心悅目的享受，與金庸小說失之交臂真的是一種損失。不只是因為風景這邊獨好，也是由於閱讀金庸有助於提神益智，能讓你洞悉世態領悟人生。」「金庸寫作與其說是對武俠文學的虔誠皈依，不如講是一種借花獻佛的文化選擇。通過虛擬誇張的浪漫敘事透視現實人生的苦樂真諦，乃金庸小說的魅力所在；借光怪陸離的江湖傳奇展示現代社會的運作機制，是金庸小說的一大奧秘。真正吸引讀者的並非是打打殺殺的武林糾紛，而是這快意恩仇後面的人情世故。對於金庸小說，問題並不是『寓道於樂』或『道在樂中』，而是道與樂的合二為一。這就是金庸小說無論內容多麼博大、

① 徐岱《論金庸小說的藝術價值》，《文藝理論研究》，一九九八年第四期。

情節何其繁複、人物各有不同，最終都能被以『好玩』來一詞以蔽之的原因。」①

讀徐岱的文章，文情並茂，用金庸小說中的一個人物來比喻就是有令狐冲之俠風：坦坦蕩蕩，率性而為。

（二）

二〇一二年四月，浙江大學人文學部主任徐岱一行赴香港看望金庸。年近九旬的金庸依然精神矍鑠，見到往日的老搭檔十分高興，詳細詢問了浙江大學以及人文學科的發展狀況。徐岱作了具體介紹後，金庸欣然接受徐岱授的邀請，表示在適當時候回杭州走走，到浙大看看。

多年以前，金庸以八十高齡在香港與浙江大學之間飛來飛去，一「飛」就是八年，與他搭檔的徐岱，時任浙江大學人文學院常務副院長。

一九九八年，老浙大、杭大、浙醫大、浙農大四校合併組建成立新的浙江大學，一時規模為江南之冠，全國亦罕與匹敵。新浙大雄心勃勃要打造江南第一學府，而江南是文章之鄉，現代文學史的半壁江山是以魯迅為首的浙江籍的作家支撐着，執掌浙大人文學院的該是何等領軍人物？

① 徐岱《金庸其書・序言》，社會科學文獻出版社，二〇〇四。

浙大領導人三顧茅廬，請金庸出山坐鎮浙大的人文學院，一時引得全國的考生磨拳擦掌，把目光紛紛投向浙大。

金庸於一九九九年三月正式受聘浙大人文學院院長，而之前這一職位由徐岱擔任。徐岱曾說起當時情景：「金庸一九九三年回到杭州，被浙江大學聘為名譽教授。一九九四年下半年，金庸主動提出在學院設立『金庸人文基金』以獎勵品學兼優的貧困生，兩年內陸續拿出一百萬港元。第一次獎學金由金庸先生親自頒發。學生們非常高興金庸的作為。」從一九九五年到一九九八年，金庸每年都會回浙大兩次，每次都會為全校學生開講座。「每次講座，保安部門的壓力最大，有一次玻璃門都擠碎了。」關於金庸講座的盛況，徐岱歷歷在目。學生究竟是來聽講座還是來看金庸的呢？「不能否認，做學問的，看鬧熱的兩者都有。但是，如果沒有看過金庸的小說，如果不是對他有那麼大的熱愛，也不會如此費力地擠進來聽講座了。」

金庸於二〇〇〇年獲得了浙大博士生導師資格。二〇〇三年秋，他招到首批三名博士生，分別是盧敦基、王劍和朱曉征。徐岱評價道：「三名學生水平參差不齊，盧敦基甚至可以做其他兩個學生的老師，考進來時他已是教授，擔當浙江社會科學院文學研究所所長。在三名學生中，盧敦基具有足夠能力取得學位。」而朱曉征比較特殊，她在北大完成本科，到清華讀的研究生，但是來投考金庸博士的時候研究生學位論文沒通過。當時有北大與清華兩位教授寫來推薦信，其中北大的嚴家炎教授與金庸是多年的老友，而金庸是一位非常重情義的人，在面試朱曉征的時候，朱很多問題都沒回答上來，但是金庸只是詢問她是不是太緊張，別的都沒好說，後來還是破例收下了她。」徐岱認為，作為博導，金庸不存在教學方式上的差池：「導師上課不像教本科生那樣台上台下，而是有很多比較個性化的方式，漫談、喝茶、旅遊的都有，柏拉圖教學生都是一邊走一邊教。金庸比較開放隨意，每次來到浙大都會與他們促膝談心，給他們一些專業和生活上的建議，聽的有，不聽的也有。」

二〇〇五年一月初，金庸在浙大紫金港校區出席「龍泉寶劍」捐贈儀式，借機宣佈辭去浙江大學人文學院院長一職，自然，他將浙大博士生導師一職也辭了。金庸請辭，原因是他與浙大有「恩怨」，還是他與所帶的博士生有「糾葛」？徐岱在接受採訪時，懇切地說：「通過這次訪談，希望貴報能夠對外界關於金庸先生請辭的各種傳言進行較為全面的澄清。」徐岱強調，金庸辭別浙大只因年齡問題。

外界對於金庸請辭原因眾說紛紜，但對金庸博導資格的懷疑最讓人難堪。對此，徐岱澄清道：「他在文史哲方面絕對是相通的，絕不像一些不負責任的學者盲目斷言，金庸除了小說什麼都不懂。恰恰相反，令我們驚訝的是，金庸在外語、在歷史、在哲學方面的學識簡直讓不少博導汗顏。」徐岱舉了一個例子，二〇〇四年七月，金庸參加一位英國教授開的關於文化研究方面的講座，席間，這位英國教授用英語說一句，金庸就現場口譯一句，博得熱烈掌聲。①

這幾年，徐岱與金庸接觸頗多，曾陪同他去太湖邊探訪「笑傲江湖」，去朱家尖海灘領略「神鵰俠侶」，去少林寺感受中國寺廟文化，去沒有桃花的桃花島看「射鵰」，還一起去北京、天津、廣州、蘇州等地的大學進行交流。

徐岱回顧，在金庸擔任院長職務期間，曾邀請諸多國內外優秀學者到浙大講學，並以其在美、英、加等國名校擔任客座教授的國際經驗，舉辦過跨學科、高層次的大型人文國際會議，在學院管理上有其國際發展眼光。金庸給浙大帶來的財富是無法衡量的。

（三）

徐岱不僅致力於對金庸小說藝術價值的探究，而且每每對那些企圖「顛覆」金庸者以迎頭痛擊。一九九九年十一月一日，大陸作家王朔撰寫了一篇《我看金庸》的文章刊登於《中國青年報》

① 劉杜鵑《金庸辭職內幕大曝光》，《成都晚報》，二〇〇五年一月九日。

上，他對金庸的武俠小說作出了強烈抨擊，直指金庸小說「不入流」，並稱四大天王、成龍電影、瓊瑤電視劇和金庸小說是「四大俗」。由於王朔和金庸同為當代著名作家，該文發表後，藉着網絡傳播，立刻在兩岸三地造成轟動，並引起廣大金迷的同聲討伐。由「王朔看金庸」還延伸出了學術規範的問題。「倒金派」、「擁金派」雙方大致屬於不同的文化戰線，前者主要是創作評論界，後者主要是學術理論界，因此，二者所奉行的不同批評態度和學術規範，也成為這一階段大家所共同關心和檢討的問題。

一個月後，徐岱的反駁文章《昔日頑主不再好玩》刊登於《錢江晚報》，編者加注：「這是『金王紛爭』開始至今，浙大人文學院首次有人出來發表個人看法。」

徐岱覺得，「《我看金庸》一文的一大特點是『怪』：雖然從腔調來看，依然是那個『頑主』在說話，但在立場上卻相反，屬於以往最遭頑主們痛恨的假正經。本以為小頑主對老頑童多少有些親近，見了面即使不行個弟子禮至少也得認個師兄什麼的；就算不成哥們，起碼也會結成『友好鄰邦』，能與之和平共處相安無事。這不僅是因為兩位都是好作家，也在於他們的作品裡在我看來有着相近的叛逆精神。可事情偏偏並非如此，小頑主向老頑童實施了語言暴力，僅僅是因為老頑童不接招才避免了一場『窩裡鬥』……」

王朔在文章裡說：第一次讀金庸的書，只留下一個印象，情節重覆，行文嚕嗦，永遠是見面就打架，一句話能說清楚的偏不說清楚，而且誰也幹不掉誰，一到要出人命的時候，就從天上掉下來一個擋橫的，全部人物都有一些胡亂的深仇大恨，整個故事情節就靠這個推動着。金庸筆下的俠與其說是武術家不如說是罪犯，每一門派即為一伙匪幫。他們為私人恩怨互相仇殺倒也罷了，最不能忍受的是給他們暴行戴上大帽子，好像私刑殺人這種事也有正義非正義之分，為了正義哪怕血流成河。金庸很不高明地虛構了一群中國人的形象，這群人通過他的電影電視劇的廣泛播映，於某種程度上代替了中國人的真實形象，給了世界一個很大的誤會。

徐岱反駁王朔的這番話，說：「很明顯屬於情緒宣泄，因而無須理會。……前者以『事實性』來定位藝術性實在幼稚，故雖然為一些批評家所屢試不爽，但從未能真正得手。這點別人即使不太鬧得明白，身為名作家的王朔不會不清楚。後者以道德影響來要求小說，不僅更不得要領，還讓人感到一種悲哀。常言道群眾的眼睛是雪亮的，王朔的這番指控不僅完全不實而且十分卑劣，屬於韋小寶的套路。他站到了當年向他頒發『痞子作家』證書的批評家陣營。我一直認為，以這樣一個名稱來命名王朔寫作，乃是當代中國文壇的第一號冤案。這個案遲早得替他翻。但眼下所發生的事情使這項工作增加了難度，因為說來說去促使王朔此番出手的主要動因，無非是……金庸作品近年來聲譽日隆蓋了我們王頑主的風頭……」①

徐岱雖對王朔的「罵」金庸報以尖刻的嘲諷，但同時也認為王朔「批評的理念與姿態」是「個人化」的，因而也是值得肯定的：「當然，王朔的文章也並非一無可取。比如講這篇東西處處顯示着一種個人化立場，就如作者事後所聲明的那樣，是『很個人化的一篇讀後感』。這樣對方即便聽着刺耳，但心裡還比較踏實，沒有文學之外的壓力。不像有些職業批評家，明明也是個人意見，卻總愛打着集體和團隊的名號來壯大聲勢。不僅老想迫使別人就范，而且還不容別人反駁。相比之下，王朔此文彷彿有意露出自己破綻讓人來出擊的模樣，倒顯得十分難得。」徐岱的意思是，要說金庸不好，就只能說僅僅是自己不喜歡，不能借其他也還有人不喜歡來「壯大聲勢」，來證明金庸確實不好。「所以，當我們為作為批評家的王朔的失手而感到惋惜時，不能不為他不惜以犧牲自己的名聲作代價，來為重建當代批評作貢獻這種精神表示肯定」，這是和他一直所倡導的自由精神相聯繫的。②

正當金王紛爭之際，中國社會科學院文學研究所的博士生導師袁良駿發表《再說雅俗——以

① 徐岱《昔日頑主不再好玩》，《錢江晚報》，一九九九年十二月三日。
② 徐岱《批評的理念與姿態》，《文藝爭鳴》，二〇〇〇年第二期。

金庸為例》一文，說：「金庸的武俠小說的出現，既是舊武俠小說的脫胎換骨，也開闢了武俠小說的一個新時代。……然而，十分遺憾的是，金庸本領再大，仍然跳不出如來佛的手心，武俠小說這種陳舊、落後的小說模式本身，極大程度地限制了金庸文學才能的發揮，使他的小說仍然無法全部擺脫舊武俠小說的痼疾，仍然無法不留下許多粗俗、低劣的敗筆。」他尖銳地指出了「金大俠」的六大痼疾後說，「不幸的是，金庸的武俠小說也同樣有這樣不良的社會影響。不客氣地說，像武俠小說這種陳腐、落後的文藝形式，是早該退出新的文學歷史舞台了。」①

在《批評的理念與姿態》一文中，徐岱對袁良駿批評金庸時的「理念與姿態」進行了批評。對於批評的理念，「真正令人感到『十分遺憾』的首先並非金庸小說，而是被陳舊的批評觀所範圍的袁先生。比如他認定純文藝在價值上要高於通俗文藝，因一方面承認金庸作品的出現『既是舊武俠小說的脫胎換骨，也開闢了武俠小說的一個新時代』，承認『金庸大大提高了武俠小說的品位和檔次』，另一方面又認為武俠小說這種模式陳舊、落後，限制了金庸文學才能的發揮，『以金庸之才識去進行全新的純文藝創作，未嘗不可以成為中國的巴爾扎克和托爾斯泰』。這樣的推論過於自以為是。首先應該看到，所謂『純文學』與『俗文學』之分不僅主要是一種從文體形態

① 袁良駿《再說雅俗——以金庸為例》，《中華讀書報》，一九九九年十一月十日。

與結構形式方面所作的區別，並不能成為一種價值論的依據，而且這兩類文本在人類藝術文化裡，一直就存在着一種轉換與融合。惟其如此，當人們對在所謂『純文學』的營地裡從來就窩藏着大量的拙劣之作的現象，逐漸地見怪不怪；也終於發現在以往倍受歧視的『俗文學』的方陣中，其實一直不乏真正的傑作。」

對於袁良駿批評金庸時的姿態，徐岱作了校正：「對於批評家本身來說，他不應該向大伙兒掩飾其『個體』身份。這並不是誠實問題，它關係到文學批評作為一種關於文學之批評的合法存在。……即使他不願相信『群體的眼睛是雪亮的』，也不應該覺得『眾人皆醉我獨醒』。」在再三強調批評必須是「個人化」的之後，徐岱緊接着便說：「對於金庸小說能如此這般地受到不同階層與年齡的人們喜愛，批評沒有理由不予重視。」①

在二十一世紀，除了「金庸熱」，還有「孔子熱」。有一所著名大學在校園裡塑了孔子像，徐岱不以為然：「這真是孔子最大的悲哀，因為他窮其一生追求的不是成為聖人，而是成為君子。『發憤忘食，樂以忘憂，快樂人生』才是孔子身體力行的人生準則。與其把他當成尊敬的聖者，還不如就把他看成令狐冲。」在浙江海寧二〇〇八年金庸小說國際學術研討會上，徐岱就提出：「金

① 徐岱《批評的理念與姿態》，《文藝爭鳴》，二〇〇〇年第二期。

庸小說的文化精神嵌有深刻的孔子思想，因此要想真正理解金庸小說這份『偉大』，唯有通過對孔子『君子道』與金庸『俠客行』之間的思想傳承關係進行深度考量，駐足於由孔子思想所體現的中國思想。」

二〇〇九年，徐岱的新著《俠士道》，真的將金庸小說中的令狐冲與孔聖人並駕齊驅了。他以「金庸小說與中國精神」為主題，重啟了關於金庸小說人文意義的討論，對金庸小說之所以成為二十世紀中國文學的偉大經典進行了重新梳理和深度闡述。他認為，金庸小說與真正的孔子思想和中國精神一脈相通，突顯孔子思想的「君子道」本質上就是一種俠士道，而理解金庸小說的核心價值需要把握兩個關鍵詞：孔子思想和中國精神；在這個意義上講，金庸小說並非是通常意義上以儒釋道為主體的中國正統文化的載體，而是對這種正統意識形態的反思和重新解釋。「有人提出，西方有科學幻想，中國有人文幻想，比如俠客和奇女子，就是這等幻想。金庸弘揚了這一傳統，讀者無數。『武俠是中國的名牌產品』，這話大致說來不無道理。余英時的《俠與中國文化》早已提出，『俠』是中國文化的獨特產品，認為『俠的主要憑藉是一種無形的精神氣概，而不是形式化的資格。』這話更加準確到位。問題是如何認識這個現象。換言之，認為由來已久的武俠文化憑借金庸小說的成功而得到了全面的弘揚這是事實，但金庸敘事的意義難道只是表明了無邊的想像的魅力嗎？難道從金庸小說的如此成功以及其所擁有的如此巨大的影響中，我們不能意識到俠義文化與中國精神的某種深刻關係嗎？對這個問題的思考需要從『俠』與『士』的關係入手。」①

在這本書中，徐岱強調金庸武俠敘事是中國傳統文化中最為寶貴的「俠士道」理念的文學體現，是對孔子畢生提倡的「君子道」思想的形象詮釋。同時，通過對金庸作品必將載入百年中國文學史的內在原因的分析，重新理解藝術價值的構成、明確藝術的評價尺度，為當下陷入困境的「文化研究」探索一條行之有效的新路徑，為後現代藝術哲學的重建提供一份參照。

「這十年來，我基本每年都會去香港探望金庸先生。」徐岱說，「最近一次去金庸先生家裡看他，是二〇一七年暑假。一來應香港『金庸館』之邀，他們開館前，來杭州、來浙大拍攝了不少採訪視頻；二來也是應金庸太太的邀請，她邀我和太太一起去和金庸先生聊聊天。」

徐岱回憶，二〇一七年他去金庸家中，金庸非常開心，「有人講他現在說的話越來越少，但我觀察，他對熟悉的、有過交情的人，還是很願意多聊聊的。我那次去，他還是聊了很多。」不過，徐岱說，畢竟年紀大了，金庸目前出門走動已不太方便，但在家裡，金庸依然會看看書，翻翻雜誌，也看電視。「以一個九十四歲老人的身體來看，他的精神狀態是相當不錯了。」

① 徐岱《君子道與俠客行》，《西南大學學報（社會科學版）》，二〇〇九年五月。

他慫恿自己的碩導通讀金庸，又向博導推薦開設金庸研究課。他涵融情感與學理的論斷是：不廢金庸萬古流。

在百家講壇上說金庸——「北大醉俠」孔慶東

他與金庸大俠等人「華山論劍」，成為廣為人知的一段江湖佳話。他又數度出現在CCTV「百家講壇」上，講金庸小說，講中國武俠，同時也「夾帶」出他自己的故事——中國文化的後天偉力居然讓這樣一個五大三粗的「糙」人，發散出書卷與學養的風采魅力。

孔慶東於一九六四年生於哈爾濱，一九八三年考入北大中文系。一九九六年留系任教，主攻中國現代小說和戲劇，兼及文化思想評論。學問上喜歡雅也喜歡俗，思想上得罪左也得罪右。堅持平民立場，暗藏貴族精神，自稱「北大老工人」云云。

孔慶東性格剛烈，好爆粗口，因辱罵港人引發爭議。可是，憑他不凡的經歷和獨特的思考方式，曾在大專院校講授金庸小說而廣受歡迎，人稱「北大醉俠」。

（一）

二十世紀八十年代，孔慶東剛當上北京大學中文系學生會主席。因為自幼受到高雅的正統文學教育，他那時對任何武俠小說是不屑一顧的。

就在這時，他發現周圍同學不僅僅迷戀錢鍾書、沈從文、張愛玲和艾略特、里爾克、波伏娃，他們中頗有些人神氣活現地談論什麼三毛、瓊瑤、席慕容和金庸、古龍、梁羽生。作為一名優秀學生幹部，他覺得有責任有必要了解一下這些同學「思想墮落」的根源。

他問同學：「什麼破玩意兒的書？讓你們這麼沒日沒夜地糟蹋身子？」

同學說：「這可是最偉大的文學啊，比你那魯迅、老舍、萬家寶，一點都不差！」於是，遞過來一本脫落了封面的通俗文學期刊，上面連載着兩章《射鵰英雄傳》。這一「驗看」，孔慶東立馬中招落草了。裡面說的郭靖啊，黃蓉啊，還有歐陽鋒啊，他們一起想辦法，把歐陽克從大石頭下面救出來，那一段超人的想像，一下子就把他給吸引住了，也加入了談俠論劍的行列。

孔慶東的碩士生導師錢理群教授，多年倘佯在魯迅的世界，對武俠小說一向不「感冒」。孔慶東和他的同學們開導老師的辦法是危言聳聽：「不讀金庸就等於不懂一半中國文學！」終於，錢理群讀了金庸，後來還寫了研究文章，又鼓勵他們把金庸當成嚴肅文學來讀。

不久，孔慶東考上嚴家炎教授的博士生。一年後，兩人互相發現對方是金庸迷，不過是巧遇同道而已。有一天，他向嚴家炎建議一起研究金庸，於是嚴家炎教授率先在北大開設了「金庸小說研究」課。

孔慶東是個讀書看戲都很投入的人。在小學和中學時代，為《紅燈記》和《高玉寶》流過淚，為《賣花姑娘》和《金姬和銀姬的命運》流過淚，為《雷雨》和《家》流過淚，為《流浪者》和《簡愛》流過淚，為《愛是不能忘記的》和《高山下的花環》流過淚。上大學以後，就不曾再為文學作品而流過淚。然而，卻一次又一次被金庸感動了。

當郭靖背負着黃蓉去找一燈大師療傷，當楊過苦等小龍女一十六年後毅然跳下懸崖，當郭襄「渺萬里層雲，千山暮雪，隻影向誰去？」當程靈素為胡斐吸盡毒液而死，當胡一刀把孩子托付給敵手苗人鳳，當殷素素用生命告訴兒子張無忌「越是好看的女人越會騙人」，當明教群雄出征前高唱「焚我殘軀，熊熊聖火。生亦何歡？死亦何苦？憐我世人，憂患實多」，當香香公主把匕首刺進那世上最美麗的胸膛，當岳靈珊和馬春花被愛人害死而臨死仍然掛念愛慕着那無情的愛人，當蕭峰一掌誤斃了世上最愛他最理解他的阿朱，當「惡貫滿盈」段延慶得知段譽是自己的兒子，當韋小寶在通吃島接到康熙畫的六幅充滿兄弟情誼的「救駕圖」……孔慶東幾乎每次讀到都會熱淚盈眶。

一九九四年北大授予金庸名譽教授稱號，那是孔慶東第一次見到金庸，跟他合了影。後來，北大又召開了金庸小說國際研討會。這時，孔慶東已經三十多歲，有資格說幾句真話了，於是開始寫點賞析金庸的文字，包括與嚴家炎、馮其庸、陳墨等先生一起點評了金庸的小說。

說起這段經歷，孔慶東說：「我學無所長，只好研究文化。在文化裡，我重點研究文學；在文學裡，我重點研究小說和戲劇；近年來附庸風雅，重點研究通俗小說；在通俗小說裡，曾經用心研究過武俠小說；而金庸先生早早地埋伏在武俠小說裡等待我這個假面伯樂，於是我們就狹路相逢，悲慘遭遇了。」①

二〇〇三年至二〇〇四年，他先是在北大中文系的通選課上講魯迅，給研究生開設「老舍研究」，下半年再開全校通選課程「金庸研究」。孔慶東說：「通選課一般限定二百人，結果報名四百人，實際來聽課的經常有六百人，教室的窗台、門口都站滿了人。有本校的、外校的，還有人告訴我是從四川、西安專程來的，不知是真是假。不過學生們的熱情讓我這個當老師的很受激勵，覺得我這個工作真有意義！同時也提醒自己：可不能講錯了，講庸俗了。」

幾年來，孔慶東應邀到大專院校講金庸，在韓國的大學「客座」兩年也尋機講授金庸。除此，

① 孔慶東《醉眼看金庸·前言》，中國社會科學出版社，二〇〇五。

還有新加坡的大學和各種國際學術會議，孔慶東說：「我把金庸講到了國外。」

在內地眾多的「金迷」中，孔慶東充其量算得上「黃埔三期」，他的那些師弟、師妹們早他幾年坐了「頭班車」。

正值英年的孔慶東，在嚴家炎、陳墨等金庸作品研究開創者的基礎上，「接着講」。他以自己的悟性和藝術感受力，在這個讀者遍佈全球華人的作品研究領域，獨發創見。孔慶東認為：「金庸以他一個人的功力，就讓武俠小說進入了千家萬戶的普通生活。一個小說家、一個文學家，你成功的標誌是什麼？是你的人物、你的語言進入日常生活，進入日常語言。」有評論家說，這是孔慶東對金庸作品研究的「個性發現」。

二〇〇五年一月，孔慶東的學術論著《金庸評傳》出版發行。孔慶東延續了中國古人「評點」、「感悟」式的讀書方法，比較注重用直覺去體驗金庸小說的美。其中最典型的就是他摘選了五十多段金庸「情語」，逐一賞析，美不勝收。也正是因為這種平易親切的態度，使得許多對金庸有偏見或者對金庸完全不感興趣的人搖身一變為「金庸迷」。孔慶東在書中說：金庸之用人，有「才」——慧眼識珠提拔英俊；有「情」——真情相待平等共處；有「識」——眼光遠大謀劃全局；有「度」——寬宏大量不計小怨，尤其為人所稱道。金庸的成功在於《明報》的成功，《明報》的成功在於金庸用人的獨到之處。此評論精當地道出金庸的人生智慧。

說起金庸小說，他基本可以不看講稿。他談金庸，好在通透，不拘泥。從大的方面來講，他把金庸分析到和魯迅一樣的高度，說金庸繼承了魯迅「國民性批判」的傳統，說他是「民族形象設計師」，說「韋小寶」可比「阿Q」；從細小的方面來講，則分析到具體的情節，比如說《天龍八部》裡蕭峰和康敏的糾葛延續了中國古典小說裡「英雄殺嫂」的模式；甚至具體到單個的詞，比如他特意分析了「憐惜」這個詞。《神鵰俠侶》裡小龍女對楊過說：「是啊，世上除了你我兩人自己，原也沒旁人憐惜。」孔慶東發揮道：「我們知道什麼『你愛我』、『我愛你』這樣的話，是十九世紀末、二十世紀初才從西方販運來的，我們中國人是不說這些肉麻的東西的，什麼是『你愛我』、『我愛你』？『憐惜』！『憐惜』是一個多麼好的詞！我們中國人講憐惜，講恩愛，我們不說我愛你，在古代，愛甚至可能不是一個褒義詞。」

孔慶東的《金庸小說萬古傳》，從『武』、『俠』、『小說』幾個要素對金庸進行了崇高的評價，讓人為之折服。『他打通儒釋道，馳騁文史哲，驅遣琴棋書畫、星相醫卜，將中華文化的博大精深和光輝燦爛以最立體最藝術的方式，展現在世人面前。』

《金庸小說情海拾貝》中，那些火花似的對作品人物愛情的閃放，更是讓人回味無窮。

孔慶東的腦海中存儲着「二〇〇三年浙江嘉興金庸小說國際研討會」上的一個場景：他在台上發言談到，已經將金庸小說中「蕭峰之死」的章節和自己的專論《武俠小說的革命巨人金庸》，編入大學高等語文教材中。此時台下座位上的金庸先生站起身來，向孔慶東、也向四座說道：「向孔先生表示感謝！」謙謙君子之風，贏得全場一片熱烈掌聲。

（二）

那一日，北京大學三角地，在貼滿會議通知、講座佈告、房屋出租廣告的報欄上，出現了這樣一張紅紙黑字、別出心裁的佈告：「孔慶東男的，大好人裝的，北大教授副的，文學博士真的，圍棋二段業餘的，排球裁判專業的。」來來往往的學子們無不駐足觀看，有人笑出聲來。與他熟識乃至半熟的人，隨便都能講出幾樁孔慶東的「幽默事跡」。

二〇〇三年十月，西嶽清秋，金庸大俠蒞臨「華山論劍」現場，是轟動八方的一則新聞。在聚首的各路豪傑中，有「巴蜀鬼才」魏明倫、西部武俠劇編劇楊爭光、「俠導」張紀中和「北大醉俠」孔慶東四位嘉賓登頂華山，與金庸直面對話。①

① 贾妍《金庸昨日華山論劍》，《西安晚報》，二〇〇三年十月九日。

在鐫刻着「華山論劍」四個大字的巨石前，主持人司馬南介紹孔慶東：「孔慶東，祖籍山東，係孔子第七十三代旁系傳人，是北大著名教授錢理群先生的開山碩士、嚴家炎先生的博士，主攻現代小說與武俠小說，有《四七樓二〇七》的文集火爆登場，又有《青樓文化》、《井底飛天》、《金庸俠語》、《空山瘋語》本本暢銷。江湖人稱『北大醉俠』。」

此時，金庸站起來問孔慶東：「孔先生平日經常喝酒嗎？」

孔慶東連連退卻：「不，我一喝就醉。」

金庸微笑着說道：「你這個醉俠，俠是有的，醉還不行，好飲無量，還要多喝啊！」

司馬南問：「你不會喝酒卻稱醉俠？」

孔慶東側身將金庸從座位上拉起：「這位金庸先生大家稱他為大俠，可是他不會武功也不是俠客。我的確是一個不太能喝酒的人，拿歐陽修的話說就是『稍飲輒醉』，我對外也說『稍飲輒醉』，故稱『醉俠』，因為追求尼采所謂的『酒神精神』，類似於孔子的『從心所欲不逾矩』。我認為這是一個搞文學藝術的人很理想的狀態。」

隨即，他將金庸扶上座位，恭恭敬敬地對着他說：「因為我看多了您的武俠小說，所以自己給自己起了個外號叫『醉俠』。」

總是被人們稱為「金大俠」的金庸，很謙虛地說自己難當大俠之名：「俠是有着崇高道德觀念的，是那種打抱不平，見義勇為，為了大家的事情可以傾家蕩產，犧牲自己一切的人，我做不到這點，所以我不敢擔當大俠之名。」但是在金庸的骨子裡依舊是有俠氣的，金庸說：「我這個人倒是最不怕威脅和壓迫，面對這些，我絕不屈服，為這年輕的時候，我曾經被開除過幾次。」那麼到了當今社會有沒有大俠的蹤跡呢？金庸的回答很明了：「天地良心讓中國一直有俠存在，去年中央電視台做《感動中國》節目，請我做評委，我就選了一位戳穿藍田股份黑幕的女經濟學家，我覺得她的勇氣可嘉，就是一位有俠氣的人。」

孔慶東接着說道：「在武俠小說家中，只有金庸寫出了風雷嘯九州的大俠風範，使一干武夫未曾淪落草莽之名，而是成了生動鮮明、血肉清晰，為人所尊崇的俠！」

「華山論劍」分「劍影江湖」、「俠旅萍蹤」、「金劇春秋」和「情為何物」四大隘口，「金庸迷」扮作金庸小說中的各種人物，埋伏在華山的各個隘口，以出其不意的方式「刁難」金庸。孔慶東陪同金庸到達第四隘口。有人問金庸：「一見鍾情、從一而終、白頭偕老，這是理想的愛情嗎？至愛是愛自己好，還是愛對方好？」金庸讓孔慶東回答這個問題，而孔慶東一句中的地說：「這些問題都是天問，所以才會有這麼多作家在不斷探索這些問題，其實金庸作品中有很多情，有師徒情、父子情等等，有時人是無助的，夢醒了，無路可走。」金庸說：「我沒有遇到一見鍾情、從一而終、白頭偕老這樣的理想愛情，如果有人運氣比較好，遇到了，這可以說是人生最大的幸福，這是可遇不可求的。」情總是最能打動人心的，金庸曾經為自己作品中的人物幾次大哭，他說：「寫的時候，想的比較多的是美學和結構，所以還行，等到了重新修正的時候，我流淚了，我把他們的故事都看成了真的了。」在回答這些問題的時候，金庸多次熱淚盈眶，真是不是情癡不寫書。

論劍現場，孔慶東適時發表高見：「『五嶽聯盟』、『華山論劍』，這些出自武俠的詞匯，現在堂而皇之地成為政府組織的大型活動的名稱，這說明金庸小說已達到一個經典的高度。在《射鵰英雄傳》裡，我們一會兒跟着成吉思汗鐵騎的隊伍，一會兒又跑到江南，看到江南的桃花盛開，整個中國都收入眼底。而這個武林世界，他也盡力把大大小小的幫派、教派都寫到，組成了一個非常宏偉的武林烏托邦。自從金庸建立了這樣一個武林烏托邦之後，所有的武俠小說家，就都不能擺脫它的魅力。此後所有的武俠小說作家，凡是寫武俠小說，就都要在這個烏托邦裡面講故事，來尋找自己的側重點。金庸已經把武俠小說的烏托邦坐標系固定了，以後任何武俠小說作家寫一個武俠小說，一般都是，這個大俠不管他是哪個門派的，他個人武功可能是第一的，但是整體上說，一定是少林寺的武功第一。這已經是不可改變的了。這沒有歷史上的道理，也沒有武術上的道理，它就是文學上的道理，這就叫經典的魅力。」

其時，輿論評價：「孔慶東口才最好」；「北大講台上那種口才表現得淋漓盡致，韻味十足」。這時，大家才相信他為自己撰寫的「廣告詞」：文學博士，真的。

無論是外表還是內在，孔慶東其實都頗像金庸小說裡的江湖人物。在《匹馬西風》的封底，他曾賦詩曰：「藏冰埋火銷神劍，匹馬西風聽大潮。」活脫脫一副獨孤求敗模樣。二〇〇六年九月，他為自己的作品所擬的封面詞：「『北大醉俠』孔慶東最新力作《千夫所指》由中國長安出版社於秋風颯爽之時、作者誕辰之際，梟悄推出。孔慶東，著名壞人，北京大學中文系著名副教授，人稱『北大醉俠』，近來自稱『北大老工人』。以《四七樓二〇七》、《笑書神俠》、《匹馬西風》等書荼毒社會甚廣。其文亦莊亦諧，時癡時顛，為正人君子所不齒。尤以『左右互博』和『悲酥清風』兩大功夫獨步天下。」「本書為孔慶東最新作品集，精選自孔慶東新浪博客『東博書院』。分為『溫情蛤蟆功』、『觀點流星錘』、『原創倚天劍』、『風波瘋魔爪』、『工作掃堂腿』等十輯。所有文字均嶄新出爐，鮮蹦活跳，生猛可樂，讀者可欣賞該壞人千夫所指之下故作悲憤之慘狀也。」

那是一種與生俱來的幽默。

（三）

二〇〇五年元旦才過，CCTV「百家講壇」的課堂上。照明燈的光束投灑向站在講壇上的孔慶東，一款藏藍色「唐裝」給這位平日裡不修邊幅的壯漢，平添幾分文雅之氣，也與他即將開講的「金庸武俠小說」系列顯得「合拍、配套」。①

面對攝像機鏡頭，縱使久踞講台的「師爺」，也會有些拘謹或不適，還好，這位「大成至聖先師」的第七十三代旁孫，一向以口才出眾、善於活躍課堂氣氛受到學生們歡迎，儘管此時他只將平日北大講課時的幽默詼諧亮出十之四五，聽眾席上已不時發出會心的笑聲：《神鵰俠侶》中的李莫愁，赤練仙子李莫愁，這也是金庸的讀者非常熟悉的一個人物。她是一個女性的大魔頭，凶狠無情，看上去長得很漂亮，但是下手非常狠。但是我們可以分析，好好一個女人，一個少婦年齡的女人，為什麼會這麼狠？假如我們周圍有這樣一個女同事女鄰居的話，她一定是有原因的。動不動就把人打死，把人滅門，經過分析我們發現，她作惡的原因是她自己的愛情沒有得到滿足。李莫愁本來是小龍女的師姐，也是古墓派的，她們從小生長在教育環境不太好的地方，生長在女子學院裡邊，從來沒有男性。因為她的師傅恨男人，所以她的徒弟不能跟男人接觸。

① 贾妍《金庸昨日華山論劍》，《西安晚報》，二〇〇三年十月九日。

這樣的講述，使他的「台風」顯得瀟灑自如，雖然背負着「中國學界第一幽默」的美譽，但孔慶東常常不以為然，「幽默」不過是他用以調節課堂氣氛的手段，是讓聽眾理解物事的「助推」，他的滔滔話語終歸要將你帶入思考的深層，從更豐厚的文化內涵上去理解金庸：《鹿鼎記》中韋小寶這個人物，是中國二十世紀繼魯迅筆下的阿Q之後，第二個最出彩的形象。可以說除了阿Q就是韋小寶，中國人的缺點、優點以及精神勝利法、精神缺陷都集中在他們身上……韋小寶在妓院裡長大，下三爛的手段，什麼扔個石灰包、在桌子底下砍人家的腳，都很實用。金庸這樣寫最初不能令人理解，難道你放棄俠義了嗎？要把韋小寶寫成英雄嗎？不是，這裡恰恰有一份沉痛的批判。一切英雄好漢用光明正大的手段，不能夠進步，不能夠受到重用，而像韋小寶這樣的人「不學而有術」，他卻能夠一路飛黃騰達，這是為什麼？

武俠小說被他如此闡釋：社會上有很多人看不起武俠小說，貶低武俠小說。實事求是地說，武俠小說像其他任何一種小說一樣，都有精品、劣品、次品。什麼是好的武俠小說，什麼是不好的武俠小說，有很多標準。其中一個很重要的標準，就是看它是不是人的文學，它是不是以人性為重，以人的生命為重，以人道主義為重？是這樣的，那麼就在人民性，在俠義性這一點上，它立住了腳跟。所以說，俠義精神不是一種虛無飄渺的神秘的思想，俠義是我們人性的基本需求之一。

連續四天的錄播，金庸武俠小說因孔慶東的講授被人們重新認識和理解，更樂壞了那些熟讀「飛雪連天射白鹿，笑書神俠倚碧鴛」的「金庸迷」們。在欄目編導和孔慶東本人接連收到熱心觀眾寫信、電話鼓勵的同時，出現在CCTV網站上的「帖子」，明顯地傳達出在校大學生們的心聲。

在CCTV「百家講壇」上，孔慶東每月賞析一部金庸作品，逐部加以介紹分析，分別講授了《金庸小說的情愛世界》、《金庸小說中的奇情怪戀》、《金庸武俠小說中的俠義》。二〇〇六年一月，他的八次點評結集而成《笑書神俠》一書，由中國海關出版社出版，這是一本孔慶東研究金庸的集大成之作，他獨有的「黑色幽默」、「插科打諢」的寫作風格在此書中體現得淋漓盡致，延續了其《北大四七樓二〇七》中的「北大醉俠」的筆調。

這一年年底，在今古傳奇黃易武俠文學獎頒儀式上，年輕的獲獎女作家步非烟在獲獎感言中語出驚人：「要寫新時代的武俠文學，要突破自身，我們要革金庸的命。」此言一出，很快在文學界捲起風波。她的觀點馬上遭到了孔慶東的反駁，他謹慎地說：「我讀了很多經典小說，但讀了金庸的小說後我感到絕望，寫得這麼成熟全面，後人應該怎麼超越？步非烟說要革金庸的命，我的寫作水平也不比她低吧，我也沒敢這麼想。」他認為，現在來說武俠小說的復興，還為時過早，頂多有一點盛世的氣象而已。在武俠小說這個類型文學中，無論從文學地位，還是從藝術成就，金庸都是無法超越的。現在市場上流行的神魔武俠、言情武俠等充其量只是「偏軍和騎兵」。①

二〇〇七年暑假傳言，由孔慶東參與編輯的北京高中語文課本將《阿Q正傳》撤掉，用金庸的《雪山飛狐》選段代替，對此，孔慶東明確告訴記者，這是一則假新聞，他從來不主張金庸的書進中學課本。「金庸好不好？是好。但金庸的作品很多都是長篇小說，怎麼節選就是一個大問題。我知道有些課本也將金庸的作品選入了閱讀材料或者課外讀物，很多選的是『黑風雙煞』那部分，但我看這不是金庸的代表作，反而渲染了太多打鬥的場景，並不合適。」②

當年秋天，孔慶東訪日，應《日本新華僑報》的邀請，與在日華人學者李長聲「富士山論劍」。孔慶東說：「中國武俠小說武打部分也是很有魅力的，要打出哲學來，形成了龐大的『紙上武學』系列。那些功夫不一定是現實武術，很多東西不能在武術界得到印證，是美學意義上的武打。』『金庸、梁羽生的作品中都相當突出『仁』的精神，金庸強調『仁者無敵』，到最後功夫往往都是沒有用的，最重要的是精神，是仁。金庸小說中的第一英雄不一定是第一武功高手，而是最仁義的人。結局總是把人與人之間的冤仇說成是誤會，人與人本不該有冤仇。《雪山飛狐》裡講李自成的四大衛

① 張守剛《讀了金庸小說我感到絕望》，《北京娛樂信報》，二〇〇六年十一月二十四日。
② 巫天旭《孔慶東重慶語出驚人》，《重慶晚報》，二〇〇七年八月二十九日。

士因為誤解而產生矛盾，造成後代的百年仇殺，那樣的小說使人思考，戰爭、糾紛都是起源於隔閡，起源於誤解。金庸小說的結尾總是給人一種悲憫，英雄人物不是死了就是出走了，這樣的結局對江湖保留了一個質疑，沒有什麼是絕對的真理，留給人們的思索空間比較大。」①

對當時議論紛紛的金庸再次修改作品的問題，他說：「我贊成作一些技術性的修改，至於人物的性格和故事情節就沒有必要多做修改了。有一句古話叫做『不悔少作』。今後研究金庸，可能會成為一門單獨的學問。」

二〇一四年初，金庸九十周歲誕辰，孔慶東搞了一個叫「金迷群英會」的現場活動，來的「金庸迷」大都是九〇後，大家手抄金庸作品，最後選拔了三百多人，每人抄一兩萬字，一章一回，把《金庸全集》八百多萬字全抄下來。厚厚的一套手抄本，作為獻給金庸九十周歲誕辰的禮物。金庸見到禮物喜出望外，「魯迅生前也沒有這樣的待遇，這說明了內地青年們的一片心。」

這年春天，孔慶東飛到了美國紐約，在北美華人科技工商聯合會舉辦的「金庸小說六十年」的專題講座上侃侃而談。他說：「中國三十四個省市我都跑遍了，哪個地方請我去講座，我首先都問：什麼人聽？人家希望我講什麼？因為今天我不知道在座的要聽什麼，我估計講金庸應該是

① 《關於中日武俠小說的對談》，日本《新華僑報》，二〇〇七年十月二十九日。

具有最普遍的共同性，金庸的作用就相當於《國際歌》。列寧說：走到世界各地，唱起《國際歌》就能找到無產階級的兄弟。他這是作為一個革命導師講的。我說的是，走到世界各地，只要談金庸，總能找到華人朋友。現在也有很多外國朋友學中文，我也給他們推薦金庸小說。我雖然去過的國家不多，一共也就十來個，可是我教過二十多個國家的留學生，我給他們推薦的最好的漢語教材，不是《論語》，不是《魯迅全集》，不是《毛澤東選集》，而是金庸的小說。我說讀金庸的小說，可以讓你最快最準確地進入中國文化。」「六十年來，金庸小說長盛不衰，成了文學史上一個罕見的現象。大眾文學很像流行歌曲，一撥歌星熱個三五年就過去了。經典首先要有一個流行的過程，多數都要半個世紀以上才能看出它是經典。……在我看來，金庸小說一個了不起的價值，是在海峽兩岸處於冷戰對峙的時期，海外人民在文化上彷徨猶疑無法選擇的時候，他提供了另一個開闊的視野。海峽對岸蔣經國先生、嚴家淦先生等都是他的讀者，海峽這一面鄧小平等人也是他的讀者。在那個時代，還有後來八十年代讀金庸小說，就可以跳出那個冷戰思維。在這裡我們看到了一個文化中國。所以說金庸小說最立體地展現了中華文化的魅力。」

孔慶東研究金庸的專著還有《醉眼看金庸》（與人合著，中國社會科學出版社二〇〇五版）、《江湖．俠客．情》（北京師範大學出版社二〇〇七版）、《品讀金庸俠語》（長江文藝出版社二〇〇七版）等。

二〇一八年八月，孔慶東在朋友圈發貼寫道：「孔和尚到京郊，當地土豪龔大哥要送我一對畫眉。我說家有三隻貓，肯定養不了。龔大哥就把鳥籠放車裡，一直陪我遊覽吃飯。到了下午我告辭要走，龔大哥發現由於高溫暴曬，兩隻畫眉已經在車裡熱死了！孔和尚十分愧疚，如果我收下一路提着，鳥就不會死了。回家三隻貓各揍兩巴掌，仍然非常難過。」然而，他又一本正經地說道：「遭遇金庸已經二十多年了，金庸已經成了一個有點碎嘴嘮叨的老人，金庸作品改編的影視也越來越俗不可耐。但是我忘不了金庸小說帶給我的感動和我知道的帶給別人的感動。為了休閑，為了備課，為了研究，我肯定還要許多次打開金庸的小說。我不能預料當我四十不惑五十知命六十耳順七十從心所欲的時候，面對那些段落，還會不會熱淚盈眶……」

二〇一八年十月三十日，孔慶東在第一時間發出悲嘆：「金庸先生仙逝，今年上天不仁啊！」隨後，寫了一篇沁園春詞聊寄哀思：「千古蒼涼，骨透罡風，血卷殘陽。問春花一落，樓空幾載；秋波萬頃，心繫何方。冷劍飄零，溫琴寂寞，酒醒三更聞虎狼。邀明月，作終宵痛飲，情渴如狂。尋芳不過橫塘，任啼血刀頭餘暗香。看乾坤丸轉，英雄玉碎；屠龍技短，報國書長。鴻爪無痕，佛顏似鐵，獨坐幽篁療舊創。簫聲起，有金蛇款舞，滿地銀霜。」

孔慶東說：「進入二十一世紀，我們終於用艱苦的戰鬥拓展了在學術界談論金庸的空間。金庸開始進入各種文學史。我還把金庸講到了國外，把研究金庸的文章也發表到了國外。最近我參與主編的大學通俗文學教材中，我專門寫了一章《武俠小說的革命巨人金庸》。我今後的研究重點仍是魯迅老舍曹禺等作家，但金庸還是會經常遭遇的，因為這是一個四通八達的文化焦點。」

他未來想做的一件事是，打通二十世紀中國文學的幾位大家：魯迅——老舍——張恨水——金庸。他說：「這蘊涵着我的現代文學觀。」

他為金庸小說描繪人物譜
——記者作家曹正文

他寫了一本《金庸小說筆下的一〇八將》，實為金庸小說最全最生動的人物譜。他的武俠論著還有《中國俠文化史》、《古龍小說藝術談》等，另有《龍鳳雙俠》、《三奪芙蓉劍》、《棘人棺之謎》等長篇武俠小說，和《世界偵探小說史略》。

金庸曾為他題詞：「大俠當召俠氣，名探須主正義。」

曹正文又名曹曉波，一九五〇年生，江蘇蘇州人。曾任《新民晚報》「讀書樂」專版主編二十二年之久，現為中國作家協會會員、是著名的文學評論家和小說家。

（一）

曹正文說：「我的筆名叫『米舒』，意思就是迷戀一本書。讀書，是私人分享的一件事，它能為你打開一扇窗。」他最早迷戀的書是武俠小說，從舊武俠小說到新武俠小說。

曹正文自幼喜愛武俠，最早讀的是《七俠五義》與《小五義》，在小學時曾自編武俠小說《五鬼劍俠傳》。一九六六年初中畢業後，當過工人、教師，經自學考試畢業於華東師大中文系。後來，因酷愛寫作，考入新民晚報當記者、編輯。從一九八六年開始，任《讀書樂》專版主編，說是主編，其實只有他一個人，組稿、校對及版上一切細活，均由他包攬。他上任第一件事是辦「書友茶座」，成為讀者心中的遊樂園。

復旦大學教授章培恆出版專著《洪昇研究》，對清初戲劇家洪昇的生平作了系統的考訂和研究，受到學術界的高度評價，該書獲上海市哲學社會科學優秀著作獎和中國戲劇家協會理論著作獎。正主持「書友茶座」的曹正文便投其門下學習文史，每兩周去章教授寓所兩小時，聽他講授「二十四史」，前後有三年之久。

二十世紀八十年代，大陸與台灣恢復了中斷的文化交流。台灣地區的小說、散文與影視作品率先進入大陸，最具影響力的便是瓊瑤的言情小說與古龍的武俠小說。在《新民晚報》當副刊編輯的曹正文，獲悉江蘇文藝出版社即將推出瓊瑤的《雁兒在林梢》後，立即與對方達成協議，在《新民晚報》以連載形式刊登此言情小說。一炮打響後，引起大陸「瓊瑤熱」。

一九八八年，章培恆老師在《書林》雜誌上發表了《金庸武俠小說與姚雪垠的〈李自成〉》的論文，把獲首屆茅盾文學獎的《李自成》（姚雪垠著）與金庸武俠小說作了比較。章培恆說，若以現實主義的真實性來衡量，金庸武俠小說的假中見真更具藝術感染力，想像更豐富，結構更緊湊，更富有幽默感，總之《李自成》的藝術水準不能與金庸武俠小說相比。此語石破天驚，引出許多文章積極響應，竭力推崇金庸的新武俠小說。

受此影響，曹正文開始關注起了新武俠，讀了金庸、古龍的武俠小說，不由得眼睛一亮。作為副刊編輯，業餘時間他很想研究點東西，那時候不少人在研究魯迅、茅盾、巴金，他不想湊這個熱鬧，另辟蹊徑以研究新武俠為課題。

「瓊瑤熱」之後，便是港台武俠小說進入大陸。曹正文曾先後邀約臥龍生、蕭逸、于東樓寫武俠小說在《新民晚報》上連載，頗受讀者歡迎。

開初，曹正文讀的新武俠小說是古龍的，一年中陸陸續續讀了四五十部。

隨後，他動筆寫武俠小說：太原「神武鏢局」接受一個皮貨商的委托，押送十萬鏢銀到山東東昌府，在太行山遭到賊寇的襲擊，四名押車人慘遭殺害。義俠石恨天義憤填膺，協助「神武鏢局」追到虎山，闖入賊穴，識破賊首詭計力戰群賊，賊寇一個個在七環劍下喪生。鏢車行駛到內邱縣，另一伙盜賊喬裝打扮，又來盜竊鏢銀。女俠冷小鳳女扮男裝，暗中保護，以神速的飛刀和高超的劍功擊敗盜賊，使鏢車繼續往東昌府趕奔。石恨天和冷小鳳在虎山和內邱縣擊敗盜賊，龍鳳劍冷小鳳惦念石恨天，星夜飛騎，暗中保護鏢車，不料在一條山道上被絆馬索絆倒，落入一群盜賊手中，但她以高超的武藝殺得盜賊四散逃走。石恨天押着鏢車，未能識破歹徒詭計，誤入山東大盜的賊巢，險些傷命。又是冷小鳳趕到，解開重圍，焚毀賊巢，使石恨天脫險，自己卻被毒彈擊中，為愛情獻出了生命……

長篇武俠小說《龍鳳雙俠》由江蘇文藝出版社一九八五年出版。

緊接着，他寫了第一本武俠小說評論專著，《古龍小說藝術談》一年中再版三次。有人向曹正文提議寄一本書給香港的金庸，於是，在一九九一年他寫了封信連書一起寄給了香港《明報》，一周後居然收到《明報》寄來的一本書，打開一看是金庸寫的信，並隨信寄來一套《雪山飛狐》。曹正文想，所寄的書不會這麼快到了香港吧，後來得知，金庸在香港逛書店時看到這本新著，便寫信給曹正文，他說《古龍小說藝術談》可以在香港出版，還問曹正文願不願意到香港來講武俠小說。

一九九二年，金庸以香港作家協會（金庸當時是香港作家協會名譽主席）名義，邀請曹正文赴港講學。因為當時辦簽證很難，辦了半年多，當他飛抵香港時，金庸已去了英國劍橋大學讀書。當晚，倪匡陪同吃飯，席間，倪匡說起古龍，讚賞不已：「熊耀華（古龍）實在是個寫作天才！」

後來曹正文的《古龍小說藝術談》一書由香港繁榮出版社出版，倪匡為之作序。

過了一年，曹正文才見到金庸。金庸和他談起自己的創作，也談起他寫作之外的愛好。

金庸在大公報當編輯時，住在香港太平山下，後來他自己辦報，又寫武俠連載，成了香港著名報人與武俠小說暢銷書作家後，便搬到太平山頂上。他家中藏書極富，書房有二百多平方米，鋪了藍色地毯，四壁的書櫥頂天立地，如《點校二十四史》、《古今圖書集成》、《涵海樓叢書》與一百冊《大藏經》。金庸收藏的圖書，除了文史類，還有佛教、武術、圍棋、音樂、舞蹈的各類書，可謂五花八門。在大書房中，有一張大寫字台。金庸對曹正文說：「我每天讀書四小時，幾乎雷打不動。」

「您寫新武俠小說受之影響最大的是什麼書？」

金庸回答：「中國古代是《七俠五義》與《水滸傳》，近代是宮白羽與還珠樓主的武俠小說，歐美小說有法國的大仲馬與英國的史蒂文森。」①

金庸年輕時愛打排球，中年時喜歡下圍棋。他研究的宋朝棋譜，後來寫到《天龍八部》中去了。據他說，他年輕時還學過芭蕾舞，聽此，曹正文不由大吃一驚。

① 曹正文《我認識的金大俠》，《文匯報》，二〇一八年十一月十二日。

一九九三年，曹正文先後接受金庸、溫瑞安的邀請，到香港作家協會和馬來亞大學講授武俠小說研究。

為了撰寫《中國俠文化史》，他瀏覽了上千部新武俠小說。他發覺，舊武俠小說《三俠五義》中的俠客展昭武藝縱然高強，但人物境界仍停留在「御貓」的角色上，新武俠小說中的令狐冲、李尋歡、楚留香、陸小鳳，卻保持了相對獨立的人格。俠客義士不僅敢反官府，而且對權貴乃至皇帝也不屑一顧。他們的人物個性很強，感情色彩更為豐富，其敘事結構被北大學者陳平原歸納為：仗義行俠、快意恩仇、笑傲江湖、浪跡天涯，從而為廣大讀者津津樂道。這是舊武俠小說中的俠客所沒有的。

至於表現手法，金庸、古龍等人石破天驚，過去的舊武俠寫情節，往往採取了「花開兩枝，各表一頭」，而金庸寫《雪山飛狐》，古龍寫《多情劍客無情劍》，都把幾十年發生的事通過回敘、插敘的形式加以表現，大大提高了作品的藝術性。他稱金庸和古龍、梁羽生、溫瑞安為「新武俠四大天王」。他說，金庸的武俠小說在整個文學界都有着划時代的意義，其在征服了無數讀者的同時也掀起學術界對其進行研究的熱潮。①金庸眼中的俠義是「俠之大者，為國為民。」所以他的江湖是：寶刀相見歡，

⑦ 曹正文《漫談中國俠文化》，《中國政協》，二〇〇九年第三期。

柔情恨無常的《飛狐外傳》，為草莽英雄而作的春秋《射鵰英雄傳》，亂世情仇亂世衰的《碧血劍》，問世間情為何物的《神鵰俠侶》，東方日出一統天下的《笑傲江湖》……

《中國俠文化史》一九九四年由上海文藝出版社出版。

（二）

在獨立執編「讀書樂」時，正處於上世紀八十年代中期，當時一些活躍在三四十年代的文化名人，如施蟄存、夏衍、冰心、章克標、趙家璧、徐鑄成、王元化、羅竹風、徐中玉、秦牧、蔣星煜……都還健在，曹正文親自上門，請這些文化名宿談自己讀書經驗與當年從事文化活動的經歷，日積月累，獲得了不少文化名宿的口述歷史。後來，曹正文整理成一本《文化名宿訪談錄》。這書對讀者了解當年歷史，學習這些文化名宿讀書、寫作與獨立思考的精神是有啟發的。

文化名宿中有愛讀武俠小說的，訪談時他們常常談論俠義之道，自然而然牽涉到小說人物的性格和命運。說到武俠，腦中總會浮現曾經追過的那些武俠小說與影視劇以及裡面的俠客異士：生性放蕩不羈、豪邁瀟灑、不拘小節、喜歡亂開玩笑、天生俠義心腸的令狐冲，有情有義、俠氣豪邁的張無忌，忠厚老實、性情溫和、大智若愚的石破天，一生坎坷、智勇雙全、豪邁颯爽、不怒自威的喬峰，叛逆機智、玩世不恭、風流英俊的楊過，以及氣質超群、不食人間烟火的小龍女，又或是虛偽、迷戀權貴的楊康……太多太多，而這些耳熟能詳的角色其實都是出自一人之手，那就是金庸。

這年頭，曹正文正拼命讀着金庸的小說。一個念頭縈繞着他：何不對金庸小說中的人物來個大盤點？

很快他讀完了金庸的所有小說，並且很快地舖開了寫作的陣勢：篩選人物。

然而，金庸小說中的人物總數過千，篩選一〇八個來評論實在不容易，因為值得一提的遠遠超過一〇八個，不過還是忍痛割愛，一減再減，終於減到了一〇八個。

一九九一年，曹正文完成了《金庸筆下的一〇八將》。他讀着《飛狐外傳》，一個個小說中人物活蹦亂跳地浮現在眼前——

苗人鳳：《飛狐》中的俠之大者，卻娶了個難以同生共死的妻子，賢淑的女兒是一點安慰，也是他的命根。

胡斐：最初曹正文最恨他，但是後來漸漸理解，因為誰都想和自己心愛的人在一起。

程靈素：金庸的人物中最感動他的一個，惠質蘭心，冰雪聰明，可上天卻偏偏只給了她一副「平平」的相貌，如果這是悲劇的原因，那麼，胡斐就不值得她愛，這故事也算不得悲劇了。

馬春花：苦命又癡情的女子，歷盡艱險最終還是沒能和相愛的人在一起，很讓人同情。福康安值得她愛嗎？福康安愛她嗎？或許愛，但不是深愛。

袁紫衣：既然最終選擇遁入空門，為何還要對胡斐處處留情？害了自己，也害了胡斐，更害了苦命的程靈素。

章培恆老師閱完全稿對他說：「馮其庸先生寫過一篇《讀金庸武俠小說》的文章，他對金庸武俠小說研究很深，你可請他提提意見。」

曹正文把原稿寄往北京，兩周後，欣喜地收到馮其庸寄還的原稿，並附了一篇序言。他在序中不僅詳盡評論金庸武俠小說的特點與風格，還寫道：「正文兄的這本書是專門研究金庸小說人物的，我曾讀過他的一部分文章，包括他寫的《古龍小說藝術談》，我覺得他的分析中肯而精要，能引人入勝，也能發人深思，可以說是閱讀金庸小說時十分有用的輔助讀物。」字裡行間蘊含着厚愛與鼓勵。

於是，曹正文特意赴京造訪，在馮其庸的書齋裡，請他談武俠。

他想起儘管「武俠熱」已在神州大地湧動，但對於武俠小說，不少文學評論家皆不以為然，當時只有章培恆與馮其庸首先對金庸小說給予了高度評價。就這個問題，他請教了馮其庸。

馮其庸想了一想，舒展了一下眉頭說：「武俠小說屬於中國的俗文學，從文學範疇所言，金庸的武俠小說與《水滸》、《三國演義》、《西遊記》都歸屬於俗文學，有人看不起俗文學，當然可以見仁見智。但在中國四大古典經典小說中，只有《紅樓夢》歸屬雅文學。《水滸》、《三國演義》、《西遊記》都是從話本演變而成的通俗小說。依我看，俗文學佔了中國四大古典小說的四分之三，你總不能不承認吧？《水滸》、《三國演義》、《西遊記》有這麼高的文學地位，金庸的武俠小說為什麼在文學史上沒有地位呢？」

馮其庸喝了一口茶，又說：「當年讀金庸小說，開始我只是把金庸小說當作消遣來閱讀的，但讀着讀着，才發現金庸的武俠小說博大精深，實在是好看，而其文學價值也大大超出了我的預計與想像。我一連讀了好幾部，幾乎常常是通宵達旦，一讀就放不下來，於是我在一九八六年二月寫了一篇《讀金庸的小說》的文章。我在文章裡不僅認為金庸武俠小說有很大的藝術感染力，而且金庸小說反映的歷史生活面、社會生活面都非常之廣闊。在金庸的作品裡，各式各樣的鮮活人物都有，他要寫的社會不是單一的而是複雜的，他的小說所起的作用也不是單一的。因此我贊成對他的小說應作些認真研究，既然中國有那麼多愛好讀金庸武俠小說的讀者，我們應引導讀者認識和理解金庸小說中積極的思想內容與藝術成就。有位朋友提倡研究金庸小說，稱之為『金學』，我覺得這位朋友的見解，是有道理的。」

談到金庸小說的藝術價值，馮其庸這樣分析：「金庸是當代中國第一流的小說家，他的出現，是中國小說史上的奇峰突起，他的作品將永遠是我們民族的一份精神財富。我以為金庸小說的情節結構，非常具有創造性。在古往今來的小說結構上，金庸創作的武俠小說幾乎達到了很高的境界。第一是龐大，情節一瀉千里，又縱橫交錯。第二是緊張，我第一次讀他的小說，經常是夜以繼日，手不釋卷，因為他小說中的情節緊張到扣人心弦，迫使你無法不讀下去。大約正因這個原因，金庸小說在大陸銷售上億冊的天文數字，而且愛讀金庸小說的讀者來自社會各個階層(上至大學教授、專家學者，下至平民百姓、工人農民)，並波及海外。有人說，只要有華人的地方，就會有層出不窮的『金庸迷』。這種現象，是值得我們研究的。」①

這次訪談，讓曹正文鐵了心：初心不變，將金學研究進行到底！

《金庸筆下的一〇八將》於一九九二年由浙江文藝出版社出版，三年後又由學林出版社出版，前後印了三次五萬餘冊。翌年，中國武俠文學學會在北京成立，金庸和馮其庸任名譽會長，曹正

① 曹正文《我認識的金大俠》，《文匯報》，二〇一八年十一月十二日。

文作為常務理事（後來任副會長）赴京與會，給兩位呈上新著，說「這些只是我個人對這些人物的看法，同意則好，不同意權供一笑。」

金庸笑了，在扉頁上題字：「先生研讀拙作，甚有見地，多有指教，殊感。」

當年，曹正文榮獲「上海市首屆韜奮新聞獎」。

一九九六年十一月十一日，海寧市舉辦《金庸研究》首發式暨「金學」研討會，金庸、馮其庸與全國一些研究武俠小說的教授學者一起聚談。在談論武俠小說的同時，金庸對宋史、明史眾多歷史人物作了評價。他在講述歷史時還涉及到佛教與道教的不少認識，讓曹正文深感一個武俠小說家的學問精深是何等重要。

金庸還說，他在上世紀七十年代擱筆之後，對自己的十四部武俠小說又作了一次重新修訂，花了很多時間，出了新版本，但讀者對新版本的反映不一，有的評論家和讀者認為，新版本太完美了，還是老版本讀起來過癮。

曹正文問金庸：「生您本人如何看待？」金庸說：「我只按自己思路修改小說，至於效果如何？讀者最有發言權。」

在上海接待的臥龍生、蕭逸、于東樓等人，他們都談及報紙連載對其創作之影響。

（三）

曹正文還有個筆名「文中俠」，在台灣叫得很響。

曹正文的《古龍小說藝術談》、《中國俠文化史》、《金庸小說一〇八將》三部專著先後在香港和台灣出版，他曾兩次赴台灣講授大陸的武俠小說研究。台灣報刊講究趣味性與故事性，武俠小說是報紙最好的連載形式，各類報紙副刊均辟有武俠小說專欄，每天發表數量可觀的武俠小說作品。台北《中國日報》為了報社贏利，不惜以重金購買武俠小說稿子，諸葛青雲、臥龍生、古龍的武俠小說都因連載而走俏。一九九八年，上海《新民晚報》與台北《中國日報》首次舉辦「金庸小說讀者問卷」大賽活動，曹正文以《新民晚報》專刊主編的身份擔任這次大賽的主持人與評委。①

擔任台北《中國日報》的資助人是台灣十大財團之一的英業達集團副董事長（原總裁）溫世仁。

溫世仁是一位儒雅的商人，也是一位暢銷書作家，他寫的十幾部作品發行印數都在十萬冊以上。溫世仁年輕時特別喜愛讀古龍小說，並與古龍有所交往。古龍英年早逝後，溫世仁就想繼承發揚台灣的武俠小說的傳統文化。在與曹正文的一次次促膝交談後，溫世仁決定投資大陸武俠文化事業，由曹正文主編《大俠與名探》叢刊，他和章培恆共同擔任顧問。

①曹正文《論大陸與台灣的武俠文學交流》，《探索與爭鳴》，二〇〇九年第十期。

這樣，一本以書代刊的《大俠與名探》叢刊新鮮出爐，金庸為之題詞：「大俠當召俠氣，名探須主正義。」

該刊是中國大陸與台灣地區文化交流的刊物，一共出版了二十一期，歷時五年之久，培養和扶植了一大批武俠文學新作者，如司馬嘶風、李超、趙安東、徐雯怡、牛大、馬曉倩、戴偉敏等二十餘人。後來走紅的武俠女作者滄月在《大俠與名探》上發表過作品，台灣著名漫畫家蔡志忠先後在刊物上發表了《大醉俠》等連載武俠漫畫。

八十年代初期，金庸封筆不寫新的武俠小說，而着手整理和修訂已完成的十五部武俠小說。那時電視媒體正逐漸成為人們娛樂的主流，小說的熱潮已不如以往，看武俠小說的新讀者逐漸減少。由於各種媒體的大力發展，尤其是電子媒體深得人心的廣泛傳播，穿過國界，跨越文化，使小說的發展更加困難，傳統和新派武俠小說的發展，至此告一段落，漸漸的轉化為以媒體形式出現在人們眼前。

二〇〇〇年初，溫世仁與曹正文作了一次長談，他談到中國武俠小說是中國特有的品種，是中國傳統文學中的「國粹」，一定要傳承下去。他打算寫一部《秦時明月》的長篇武俠小說，可以改編，可以製動漫，可以拍電視。「歷史背景在秦代，我花了許多時間先進行歷史的閱讀、考證與情節佈局，從荊軻刺秦開始講起，將當時的儒道和諸子百家思想融入其中，一直寫到秦亡。」

不料，一百二十萬字的《秦時明月》初稿剛殺青，二〇〇三年底溫世仁不幸逝世。曹正文在悲傷中寫下一副挽聯：「世道不公，台島突降無情雨，天下俠義人共悲溫大俠；仁者千古，大陸齊湧思念潮，西北眾書生同哭新儒商。」二〇〇五年，在曹正文和明日工作室同仁的共同努力下，《秦時明月》在台灣出版；並出版了武俠動漫片，並在中央電視台少兒頻道連播。

寫武俠、研究武俠的同時，曹正文還研究偵探小說。偵探世界如武俠小說一樣，是一個神秘而讓人欲罷不能的世界。為此，他閱讀了一千多本（篇）偵探小說後，做了大量的讀書筆記，進而整理歸納寫出了《世界偵探小說史略》一書。對世界偵探小說的起源、發展，以及各國的偵探小說進行探討，並對世界偵探小說名篇進行了介紹。據說，這本書一九九八年十一月在上海譯文出版社第一次出版印刷時就達十萬冊，很快就售完了。

一九九七年十一月，應瑞典外交部邀請，曹正文出席第九十一屆諾貝爾獎頒獎儀式。從一九九二年至二〇〇五年，他先後以學者兼記者的身份訪問美國、俄羅斯，瑞典、加拿大、澳大利亞、日本、韓國、南非、埃及、法國、意大利、瑞士、英國、希臘等三十二個國家及台灣、香港、澳門地區，足跡遍及五大洲。並在馬來亞大學、墨爾本大學、大田大學、多倫多大學、斯德哥爾摩大學講演。晚年，曹正文效法金庸，讀書，旅遊，至今已經行走六十九國。與一般的旅行者不同的是，他邊走邊思，邊走邊寫，記錄了自己的見聞與思考。寫下了一千多篇遊記，匯集於《開心萬里行》、《無邊風月之旅》、《我走過八十八個城市》、《行走亞洲二十國》和《行走歐洲三十六國》五本著作中。①

曹正文讀書寫書，出版作品集一六九部，其中個人專著五十一部，主編叢書一一八部。代表作有歷史小說《唐伯虎落第》、心理推理小說《紫色的誘惑》、散文集《米舒書話》、《秋天的筆記》、《珍藏的簽名本》、文學史《中國俠文化史》、《世界偵探小說史略》等。

① 朱永新《書癡人生行走俠》，《新教師》，二〇一七年第一期。

金庸送他別號「馬天行」
——自稱「風清揚」的馬雲

二〇一四年九月十九日晚，阿里巴巴赴美上市，創下美國乃至全球資本市場史上最大規模的科技股IPO紀錄，至此，阿里巴巴執行主席馬雲的身價達到二百一十二億一千二百萬美元，成為中國新首富。

馬雲自取綽號「風清揚」——《笑傲江湖》中華山派劍宗前輩，獨孤九劍傳人，他武功沒有套路，變幻莫測。馬雲從金庸小說中悟出了許多企業經營招數，在互聯網的「江湖」爭斗中傲視群雄，站在了中國IT行業的頂峰。

馬雲舉辦西湖論劍還請來了金庸本人。金庸說馬雲長得像武俠片裡的人，他送給馬雲的別號是「馬天行」，意指天馬行雲但從不踏空。

馬雲說：「我很喜歡金庸，至少他告訴過我兩個道理：幾乎所有成功的人都歷經過千辛萬苦；天外有天，人外有人。」

鮮有人能夠抵抗金庸小說的魅力，馬雲也是如此。馬雲說：「金庸才是我的偶像。」因為他說了這話，才有了他與金庸的第一次見面。

（一）

二〇〇〇年七月二十九日，馬雲在香港，有記者問他，最喜歡、最崇拜的偶像是誰？馬雲說是金庸。「我前天在飛機上還在看《射鵰英雄傳》，我覺得挺舒服的，累的時候，看看金庸小說心裡特別愉快。」於是，記者托朋友約來金庸，馬雲與金庸有了一次在「鏞記酒家」共進晚餐的機會。①

馬雲見到自己崇拜多年的偶像，異常激動。兩人整整談了三個多小時。

一九六四年，馬雲出生在杭州一個普通家庭。兒時的他是個頑童，他說：「我從初中開始看武俠小說，常常模仿武俠小說中的故事在家練習，家中的牆壁曾被打出一個洞，腿也因為練功而受傷。參加三次高考之所以會失敗，就是因為瘋狂地看金庸、梁羽生的小說和電影《少林寺》。看武俠小說雖然影響了我考大學，但是沒有影響我做人。」

一九八四年，馬雲考入杭州師範大學外語系。他本是專科分數，恰好本科沒招滿人，他就這

① 朱永新《書癡人生行走俠》，《新教師》，二〇一七年第一期。

樣幸運地被錄取，並憑着滿腔熱情和一身俠氣，當選學生會主席。

從那個時候開始，馬雲拼命地學英文，他想為自己打開一扇窗，他想知道大洋彼岸究竟有些什麼新奇的東西。一九八八年馬雲畢業後，在學校當了七年的教師。所有人都認為，他開始「改邪歸正」，會從事一份穩妥而平淡的工作直到老去。可是，馬雲心裡不能忘記自己的那個「江湖夢想」。看到身邊的朋友一個個投入經商和創業的浪潮裡去，他的心裡逐漸萌生出一個想法，自己要不要去走另外一條完全不同的生活之路？為此，他和幾個朋友一起創辦了海博翻譯社，並且在西湖邊發起了第一個英語角。

那個時候，他依然癡迷於武俠，尤其是金庸的小說。他的偶像是《笑傲江湖》中的風清揚，他覺得「無招勝有招」是一件最拉風的事情。

一九九五年初，馬雲去美國出差。在西雅圖，他第一次登錄了國際互聯網。好奇的馬雲在搜索引擎裡輸入了「Chinese」的關鍵詞，但是搜索結果卻是一片空白。那個時候電腦正在中國慢慢普及，這個沒有任何資料、一片空白的「Chinese」的網絡市場會有多大？馬雲幾乎掩飾不住發現後的快樂。他覺得自己找到了一個屬於自己的江湖。他飛快地在腦子裡構建自己在這個江湖上的行走藍圖，他似乎都能看到自己最終博得「俠士」名聲時的樣子。一九九五年四月，馬雲和妻子再加上一個朋友，湊了兩萬塊錢，專門給企業做主頁的杭州海博網絡公司就這樣開張了，網站取名「中國黃頁」，成為中國最早的互聯網公司之一。

當年在央視工作的樊馨蔓是馬雲的老鄉。一九九六年春天，馬雲帶着一個電腦找到她，希望給「中國黃頁」做宣傳，樊馨蔓聽不懂他到底在說什麼：「但是他的熱情打動我了。」

樊馨蔓答應馬雲，《生活空間》是講述老百姓自己的故事，「我們可以記錄你實現理想的過程，但是結局你要自己收場的」。如果馬雲當時極力鼓吹的互聯網，在節目播出後「被證明是一個典型的胡思亂想，我們也無非是記錄一個善於幻想的人的一段經歷」。

在北京的最後一晚，馬雲坐在出租車後座上，手裡抱着四處推銷時背的電腦包。路邊一明一暗的燈光映在馬雲略顯孤獨和失落的臉上，他說：「再過幾年，北京就不會這麼對我，我在北京也不會這麼落魄。」

三年後，互聯網贏來第一個發展高潮，互聯網初創企業成為資本市場的新寵，創辦雅虎的楊致遠已經身家過億。小有所成的馬雲也帶着團隊一起來到北京。當時所有人都認為，模仿雅虎是唯一的可行方案，但馬雲不僅拒絕複製雅虎模式，也拒絕了雅虎開出的高薪。

馬雲後來在採訪中說，自己不做已經被認可的東西。「大部分人看好的東西，你不要去跟了，已經輪不到你了。如果一個方案被九〇%的人認同，我一般要把它扔到垃圾堆去。因為它不是你的，別人都可以做得比你更好。你憑什麼？」

堅持不走尋常路的馬雲，在北京堅持十四個月後宣告徹底失敗。再次失落地離開北京的前一周，馬雲帶着團隊第一次去爬了長城，「大家特別沮喪」。

不知道自己要做什麼的馬雲，又一次回到老家杭州。一九九九年，馬雲創辦阿里巴巴，在迷茫低落的時期，馬雲的團隊建設「基本靠嘴」。央視《人物》欄目二〇〇八年一期節目中，播放了一九九九年二月二十一日馬雲在家裡給十幾個員工「演講」的視頻。視頻中馬雲慷慨激昂地預測：「我覺得 Internet 這個夢不會破。」

一九九九年九月，馬雲和其他十七名伙伴籌了五十萬元本錢共同投資的阿里巴巴網站橫空出世。這「十八羅漢」包括馬雲的妻子張瑛、當老師時的同事和學生、患難朋友。阿里巴巴這個名字出自於馬雲，意思是「就算面對四十大盜，最後勝利得到寶藏的還是我」，頗有武俠江湖的意味。

除了喜讀武俠小說，馬雲還喜歡下圍棋——因為他最喜歡的武俠小說作家金庸喜歡圍棋，「人品如棋品，世事如棋局」是二人的共識。

在「鏞記酒家」神侃三小時後，馬雲與金庸成了忘年交。臨別，金庸為馬雲手書「神交已久，一見如故」的條幅相贈。

幾個星期後，馬雲打電話給朋友：「我有個想法，現在中國互聯網的 CEO 都在打架，我想邀請金庸和新浪、搜狐、網易、8848 的掌門人一起搞個西湖論劍，你看怎麼樣？」朋友一聽就急了，連忙說：「你瘋了！這是不可能的！幾個 CEO 之間關係都不太好，金庸又很難請到，你能不能給他們先打個電話，如果他們都同意，我可以協調。」

誰來主持這個論壇呢？

金庸成了第一人選——事業上，金庸是成功人士，辦報、經營媒體都很成功。生活上，愛情豐富多彩，晚年家庭幸福。「網絡是商業，網絡是生活，金庸目光的穿透力是不多見的。年輕的互聯網需要指點。」馬雲這樣認識。

當然，金庸的名氣也是足夠讓他成為第一人選的。他德高望重並對網民有足夠的影響力，金庸和他的文字早已上網，他筆下主人公的名字活躍在各個網上論壇。

第二天，馬雲打電話邀請金庸，沒想到金庸當即就答應了。在金庸的招牌下，丁磊首先被拿下，不久，自稱沒讀過金庸的張朝陽也決定赴約。正在香港的王志東也給馬雲帶來了肯定的答應。接通了老榕王峻濤，馬雲笑說：「你來不來無所謂，不過，金庸要來。」

二〇〇〇年九月十日，一場轟轟烈烈的「西湖論劍」在杭州粉墨登場。一百多記者不請自來，金庸對媒體的吸引力可見一斑。

開場白自然是金庸：「我最近和張朝陽先生講一件事。有一位老先生在幾千年前，在釣魚的時候用直的魚鉤，願者上鉤。這就是說他本意並不想騙人家上鉤的。後來這位老先生慢慢走到東方，走到杭州，他不釣魚了，他拿一個網撒下去，願者上網。他不是故意騙人家上網的，願意的就上來吧。有一次魚在水裡遊，張朝陽先生看見很高興。我當時問張朝陽，張朝陽不是魚，你怎麼知道魚快樂？張朝陽說，你不是我，你怎麼知道我不知道魚快樂呢？所以今天這個會，我第一想表達的是：西湖上網，願者上網，大家都快樂地談。」

提出「網俠」的概念，把網絡與江湖扯到一起，讓中國網絡江湖化也許是馬雲的有意為之。結果那次會議上，五位掌門人談論武俠多於談論網絡。

新浪的王志東說：「我經常做一種對比，我說如果用金老先生的手法來寫一下中國的IT產業，肯定寫得特別過癮。」

搜狐的張朝陽說：「從我做起，從今天做起，刻苦學習金庸著作。」

網易的丁磊說：「我走到今天，可能在小說當中只能比喻說有一定的功力，剩下三十年人生其實有很多的機會去尋找武林秘笈。」

8848的王峻濤說：「金庸大俠告訴我們，做人要有俠氣。」

馬雲說：「五年來我什麼書也沒看，就看了一點金庸。我們公司招聘過程中有一個特別有意思的事，只要對方對金庸的書感興趣，八成的人都給錄取了。我是外練一層皮，內練一口氣。皮就是厚臉皮。別人怎樣罵你，你也要厚着臉皮不理會。氣就是理。有那麼多聰明人加入公司，就像桃谷六仙把真氣注入令狐冲體內，怎樣才能把六道真氣收為己用？這就是練氣。」

金庸小說所展現的江湖背景往往是一個群雄逐鹿、烽烟四起的亂世，這種亂世需要幫派，更需要號令群雄的領導者及一大批追隨者。至於幫派，有所謂名門大派，也有三教九流，最後能經受考驗統一天下或成泰山北斗鼎立之勢的還是自強、自律、得道、團結的幫派，而領導這些幫派的一定是為國為民的大英雄。

此時此刻，五位論劍的「網俠」，個個是互聯網高手。金庸笑對馬雲說：你最不懂技術，但是我知道你最有希望。然後就給馬雲寫了幅字：「善用人才為大領袖之要旨，此劉邦劉備之所以創大業也。願馬雲兄常勉之。」其餘每人得到了金庸手書的「笑傲江湖」條幅。

首屆「西湖論劍」以後，馬雲帶領他的創業團隊走出了互聯網的寒冬。

二〇〇〇年，金庸在浙大企業培訓中心為浙江企業家講課時，馬雲和金庸大談江湖、武功招數、圍棋流派、軟件、太極拳、IT、百花錯拳、網絡、獨孤九劍、風清揚……金庸頻頻點頭微笑，馬雲事後說：「那情景，彷彿他的小說都是我寫的。」

一年後的金秋十月，第二屆「西湖論劍」開鑼，馬雲和金庸泛舟西湖，就着紹興老酒，在湖上對弈數局。

「西湖論劍」一共開了六屆，每一屆論劍都是流水的英雄鐵打的馬雲。在前兩屆論劍奠定了大會的江湖地位後，金庸就悄然隱退。二〇〇五年，獲雅虎入股的阿里巴巴壓倒 eBay，電商江山鼎定，馬雲已隱然成為圈內行首，「西湖論劍」也自此封刀，直到時隔五年之後，馬雲與雅虎之間的股權關係瀕臨破裂時，才又召開了一屆。

二〇〇六年，在杭州三台山路鴿鵠灣，後來被稱為杭州「最高檔而低調」的會所「江南會」悄然成立。江南會由馬雲、馮根生、沈國軍、宋衛平、魯偉鼎、郭廣昌等八位浙商共同發起創辦。江南會位於西湖邊，佔地十畝，是由七幢舊式祠堂和民居改建的仿古建築。入會會員均有一張只能使用一次的「江南令」，若有人遇非常難事，只要發出此令，其他發起人無論身處何地，均會親自趕來出手相助。接待廳的牆上掛着金庸的墨寶。

馬雲是個典型的金庸迷，他對金庸小說的喜歡是出了名的，甚至顯得有點兒偏執。馬雲熱愛武俠文化，曾表示「虛擬的世界讓我插上了想像思維的翅膀」。馬雲也把對金庸武俠小說中武俠英雄的癡迷，延伸到了公司文化層面：他要求阿里巴巴每個員工都要有個「花名」，取個金庸小說裡正面角色的名字。

金庸的武俠小說給馬雲帶來了很多快樂、很多浪漫的想像，從中他體會到「人沒有夢想，沒有點浪漫主義是不會成功的」。對於金庸說的很多東西，馬雲是真的相信，他說：「金庸小說裡的很多東西，很多人覺得很虛，其實是真的，很多人老說不可能，事實上是可能的。」

馬雲看得最多的金庸小說是《笑傲江湖》，在IT業界浪跡多年，馬雲對「笑傲江湖」四個字有着自己獨特的理解：網絡即江湖，如何笑傲其間？笑，有眼光，有胸懷，方能坦然面對種種傳言和誤解，依然豪氣干雲，仰天長笑；傲，有實力，有魄力，才可在人云亦云的時候保持清醒的頭腦，才可在一片罵聲中依然堅持自己的方向，傲視同儕。

（二）

在馬雲的世界裡，武俠與現實，似乎已經渾然一體。西子湖畔的阿里巴巴和淘寶網，是一個模擬的武俠世界。在這裡，會議室稱「光明頂」，核心技術研究項目組名叫「達摩院」，甚至洗手間叫「聽雨軒」。如果聽到不遠處有人在叫任盈盈去收傳真，也不必驚訝，因為阿里巴巴和淘寶網的員工幾乎都有一個來自金庸武俠小說的「花名」。

馬雲為自己選擇的花名是「風清揚」，獨孤九劍的傳人，無招勝有招的世外隱者。獨孤九劍的最關鍵處，在於「料敵先機」，要提前預知形勢，並由此發現敵人的破綻，從而達到「只攻不守，以攻為守，攻敵之不得不守」的境界。①

二〇〇〇年中央電視台要拍《笑傲江湖》。馬雲聽說後非常激動，到處打探消息、找關係，想要出演「風清揚」。那個時候，這個角色已經有了人選，而且人家會武功。馬雲非要建議比武決勝負，「約好兩人都從一個橋上經過，誰先打到橋下面，誰就輸了。最後，誰贏，誰上。」後來，由於缺乏表演經驗，馬雲沒有被選上。回到公司，馬雲把辦公室的名字統統換成金庸武俠小說中武林聖地的名。

在馬雲那叫做「光明頂」的會議室裡，掛着金庸書寫的「臨淵羨魚，不如退而結網」的條幅。這是馬雲對金庸小說的熱愛所致的。馬雲認為這種武俠文化內涵豐富，在華人圈內家喻戶曉，是一種很通用又很簡練的交流工具。二〇〇一年用來概括阿里巴巴九條價值觀的「獨孤九劍」，來自金庸的《笑傲江湖》。「非典」之後，二〇〇四年阿里巴巴價值觀被精煉成「六脈神劍」，來

① 陳玉新《馬雲的棋》，中國法制出版社，二〇一四，第一九六至一九七頁。

自金庸的《天龍八部》。

在馬雲看來，金庸小說是武俠小說，也是創業小說。馬雲的商業風格總是夾帶着金庸的武俠氣息，無論是戰略、戰術還是管理。

風清揚是金庸武俠小說《笑傲江湖》的人物，原屬於華山派劍宗的一代宗師，也是金庸小說中劍術達到最高境界的高手，畢生熟習「獨孤九劍」。風清揚武功蓋世、劍術超神，僅在第十回傳劍中登場，一直隱居華山思過崖。根據後來方證與冲虛所言，當年風清揚於劍氣內鬥時，曾被騙而沒有趕上劍氣宗對決，最後劍宗落敗，他亦無面目面對華山派。後風清揚在思過崖遇到令狐冲，見他頗具慧根，便傳他「劍魔」獨孤求敗絕學「獨孤九劍」，此後因此神妙劍法多次讓令狐冲脫離險境。日月神教教主任我行也公開宣稱，自己最佩服的三個半人之中，包括了風清揚。

馬雲出身於教師，即使做了阿里掌門人，他也將這個角色發揮得淋漓盡致。

「我想發現最好的人才，訓練他們，培養他們，以前我是老師，今天依舊是老師，讓他們比我更棒。」在馬雲看來，自己像是金庸筆下的風清揚。「第一他是老師，自己不願出來但他培養了令狐冲。第二個他是無招勝有招。」

在這種理念下，一批成長起來的管理者在阿里內部應運而生。先有到處救火的陸兆禧，又有經歷十月圍城後更具擔當的張勇，當然也有伴支付寶度過危機將其打造成國內最大第三方支付平台的彭蕾，有意思的是，彭蕾和馬雲一樣當初也是一名老師。

在一次對話八〇後、九〇後的訪談中，馬雲說他特別欣賞風清揚的「出手無招」。他說：「因為我想做成任何事，都要在自己對所有的招式徹底領悟之後，很自然地使出來。其次是因為，風清揚也是一個好老師，教出了令狐冲這樣的徒弟。我自己也是老師出身，最希望看到的是我的同事、學生能夠超過我。」「我挺喜歡風清揚的，他的獨孤九劍、無招勝有招。他深深地明白，在別人進攻的時候，其最強的地方也正是最弱的地方。大家以為對的地方，通常裡麵包含着錯誤；而大家以為有很大風險的時候，要想到機會就藏於其中。」

金庸送給馬雲的別號是「馬天行」，意指天馬行雲但從不踏空。

從不踏空的馬雲，總有別人看來意想不到的招數。一九九九年，他從北京撤回杭州創辦阿里巴巴是受了《天龍八部》中虛竹破解「玲瓏棋局」的啟發——置之死地而後生；然後是二〇〇〇年九月的「西湖論劍」，借助的也是武俠，馬雲第一次成為熱點新聞人物。不過，互聯網很快迎來了一個低潮期，所有媒體都在報道互聯網是個大泡沫。「江湖」上一時間開始風雨飄搖，阿里巴巴員工們或多或少對自己所做的事情失去了信心。這時，只見馬雲端上一杯啤酒，坐在會議室裡對大家說：「最好喝的啤酒，就是要帶着泡沫去喝！」好喝的啤酒果然被能堅持的馬雲嘗到，他的阿里巴巴逐漸得到了全球商業機構的認可，一大批名牌企業在他那裡做廣告，做主頁。在國內，許多原材料企業甚至把阿里巴巴當成了自己的又一個供貨窗口。

據說，想要進入阿里巴巴工作，就要熟讀金庸，懂得金庸。馬雲的理由是：懂金庸，就是性情中人。「商場如戰場，但商場不是戰場，戰場上只有你死我活，而商場上你活着，我可以活得更強。」[①]活得更強，馬雲覺得激情是最重要的東西。他害怕自己有一天會被瑣碎的事情磨滅了創業的激情，乾脆把自己兒時的夢想照進了現實。在他的公司裡，有丐幫，有少林，有武當，有黑木崖，這些一個個有着江湖氣息的名稱，讓他把自己的工作當成了一段江湖經歷。在保證了自己激情的同時，馬雲給所有員工創造的環境都是一個充滿激情的江湖環境。

二〇〇三年，已經將B2B已經做到爐火純青的馬雲投資開設了C2C，他把這個新的網站叫做淘寶。如果說過去的阿里巴巴針對的是商業企業，而這次淘寶的客戶群則涵蓋了幾乎所有的網絡使用者。從B2B到C2C，馬雲都是摸着石頭過河，但是這無招卻創造了他在江湖上的神話。

馬雲在二〇〇四年發表演說時，曾談到來自西方競爭對手的挑戰。當時，他直言不諱地說：

① 《對話馬雲》，CCTV-2《對話》，二〇一四年十一月二十三日。

「eBay可能是條海裡的鯊魚，可我是揚子江裡的鱷魚，如果我們在海裡交戰，我便輸了，可如果我們在江裡交戰，我穩贏。」

一年後，雅虎將其中國業務並入阿里巴巴，並以十億美元獲得了合併後公司四〇%的股權。二〇〇六年，eBay退出了中國，這一方面是因為它對中國市場的理解不如阿里巴巴那麼到位，另一方面是因為中國客戶不願為在線服務付費。eBay原先是馬雲旗下電子商務網站淘寶的範本。

在阿里巴巴收購雅虎中國的簽約儀式上，外表瘦弱的馬雲笑容可掬，與雅虎全球CEO羅森格雙手緊緊握在一起，從容不迫地面對眾多媒體的閃光燈。喜歡武俠小說的馬雲此刻找到了如同登上華山之巔的心情，通常那是絕頂高手論劍笑傲江湖的地方。

二〇〇四年，金庸為淘寶網手書八個大字「寶可不淘，信不可棄」。馬雲以此為警，銘記在心。二〇一二年，僅阿里巴巴旗下兩個主要網站完成的銷售額，就超過了eBay與亞馬遜的總和。中國有一半的在線支付是通過阿里巴巴旗下的在線支付平台支付寶完成的。

馬雲說，他過去的很多作為都是「被迫為之」：為了阿里巴巴存活遊說資本；為了做大淘寶引進了雅虎；為了解決電商支付難題，挺進互聯網金融；為了不受物流掣肘，籌建菜鳥網絡——有了需要，馬雲就找人做，別人做不了或沒人做，馬雲就自己做。於是，他先後創辦了阿里巴巴、淘寶網、支付寶、阿里媽媽、天貓、一淘網、阿里雲等國內電子商務知名品牌。

馬雲把辦公室的牌子統統換成了金庸小說裡的武林聖地的名字，連新開張的淘寶網上也用了韋小寶和老頑童的名字招徠客人。

（三）

二〇一三年三月十日，眾多登錄淘寶網的用戶發現當日主頁上多了一個「俠義正能量」的專題，點進去一看才知道原來是為慶祝金庸九十歲大壽而專設。金庸生於一九二四年農曆二月六日，公曆三月十日，由於他本人淡出大眾視野許久，對金大俠的行蹤，書迷捉摸不定，按照中國「過九不過十」的民間傳統，該為他慶賀九十大壽。網友接到了淘寶網短信，恍然大悟：唯有馬雲記得金庸的生日。

馬雲掛專題「隔空擺壽宴」[1]，開闢了「俠義正能量」、「群星賀壽」等專區，煞費苦心。張紀中為金庸題寫了「壽」字，周星馳的賀詞則是「懲惡揚善，維護世界和平，祝查大俠生日快樂！」

馬雲曾向金庸介紹妻子，動情地說：「張瑛以前是我事業上的搭檔，我有今天，她沒有功勞

[1] 狄蕊紅《金庸九十大壽　只有馬雲記得》，《華商報》，二〇一三年三月十三日。

也有苦勞，我也一直把她當作生產資料。但現在我覺得，作為太太，她更適合做生活資料……」然而，辭職回家的張瑛卻一點不生氣，安心在家相夫教子。

安頓好妻子，馬雲這位現實中的傳奇人物看來也打算仿效金庸小說中的「風清揚」，歸隱於幕後。二〇一三年五月十日，四十九歲的馬雲卸任阿里巴巴集團董事長，有人稱之為「大佬下線」。其實，從巔峰隱退，只做精神領袖，馬雲希望看到更好的風景。他要確保沒有馬雲，阿里巴巴仍然是一家代表年輕和未來的企業，永遠擁抱變化。如同梁啟超在《少年中國說》裡所言：惟思將來也，事事皆其所未經者，故常敢破格。

第二天，剛卸任的馬雲身着一套淺藍色太極服，亮相杭州西溪濕地與李連杰合建的太極禪苑。在現場，馬雲親自下場打了一套太極拳，然後提筆寫下兩幅字：一幅「迷者問禪」，一幅「不可Say」。兩年前，馬雲與李連杰一起成立太極禪國際發展公司。「在太極裡，我最欣賞的三個字是定、隨、捨。定，即是看清自己和將來的趨勢，不管發生任何事情，都要鎮定面對；隨，只有自己有實力的時候，才能懂得怎麼去跟隨別人；捨，能讓人看清自己，只有知道自己要什麼，才能知道要放棄什麼。」馬雲如是說。

其實，馬雲用人之道很多是從道家而來，老子認為「我無為，而民自化；我好靜，而民自正；

我無事，而民自富；我無欲，而民自樸」。無為才能做到無不為。

我以從道家裡學到的無為而治的思想，去培養下一代的領導人，培養生態系統，無為的生態系統。讓它慢慢、慢慢生長。」在馬雲看來，制度是需要文化的，沒有了文化就像沒有了根一樣。說白了，馬雲這次辭任就是他無為而治用人之道的最好體現：放權、賽馬、競爭、再集權。

馬雲最想做的就是去圓自己兒時的夢想——找金庸，請求他推薦自己在央視籌拍的電視劇《笑傲江湖》中去演自己喜歡的「風清揚」。但這個願望最終沒有實現。

二〇一四年九月十九日晚，阿里巴巴成功登陸紐交所。按照阿里每股九二點七美元的開盤價，阿里巴巴市值將達到驚人的二三八二億美元。這也讓在美國上市的中國概念股（包括發行存托憑證的中國鋁業等）數量達到了二〇五家，這些中國概念股的總市值為一萬四千八百三十億六千萬美元（截至美國時間九月十九日收盤），阿里巴巴的市值排名將進入前三。之前在美國上市的中國信息技術和互聯網技術公司有六十二家，總市值為二千二百四十億美元，阿里巴巴一家的市值超過六十二家互聯網中國概念股的市值總和。

三個月後，馬雲來到台灣，出席兩岸企業家台北峰會，作了三十分鐘的演講，他鼓勵台灣的年輕人到大陸來創業，呼籲兩岸的企業家重視年輕人、相信年輕人。他直言：「我跟金庸探討過，我在他的武俠小說裡，看年紀愈大的武功愈高，我認為這是違背客觀規律的，我們應該把機會讓給年輕人。」「我們要向金庸先生學習人生，三十歲要跟別人幹，四十歲為自己幹，五十歲要給別人幹！要給別人機會，給年輕人機會。」

互聯網創業是一場四乘一百米的接力賽，你跑完一棒後，接下來的賽程就只能讓別人去跑。這是馬雲的態度，所以現在他可以在做好自己想做的事情後，樂得一身清閑。他喜歡在辦公室裡看武俠，想做的就是跟金庸一樣放手，把自己的心血所得統統交給別人。

二〇一七年十一月，馬雲主演的微電影《功守道》在互聯網上播出。馬雲終於得以在其中盡情釋放自己的武俠夢和演員夢。他不僅一路打敗甄子丹、吳京、李連杰等國內一線功夫巨星，還在主題曲《風清揚》中與王菲合唱。

電影中馬雲與吳京對打時，使用的是從身旁順手抄起的一根長棍。而在生活中，還是老師時馬雲就總喜歡拿着教鞭，在阿里的辦公樓裡，則喜歡拿着一根棍子在辦公區轉悠。雖然馬雲的身板顯得弱不禁風，但他曾表示，自己從小就喜歡打架，練過太極和散打。馬雲在微電影中，也是以太極對決李連杰。

馬雲曾在二〇一三年接受《時尚先生》採訪時談到練太極拳對管理阿里企業的啟發：「我覺

得太極拳帶給我最大的是哲學上的思考。陰和陽，物極必反，什麼時候該收，什麼時候該放，什麼時候該化，什麼時候該聚。這些跟企業裡面是一模一樣的……我從太極拳裡悟出了儒釋道文化，很有味道的東西。我把它融入到企業管理，這樣我是很有根源的。」

在《功守道》的結尾 馬雲在海邊 在雪地上 在沙漠上打太極時 畫面旁出現的第一句文字是「拳無影，腳無形」。馬雲曾說，自己喜歡風清揚的地方，就在於風清揚的武功是出手無招。

二○一八年八月二十九日，支付寶「換帥」，馬雲退出，這一舉動立刻引起了大家的一波好奇。大家熟知並且用順了手的支付寶，是支付寶（中國）網絡技術有限公司和螞蟻金服的核心產品，而螞蟻金服作為純內資公司，與阿里巴巴的關係是關聯公司，同時也是阿里的服務提供商、合作伙伴。曾經在一片紛爭中強制轉移出支付寶股權的馬雲，當然不會輕易地將這只家養獨角獸送人。

這就是金庸筆下的「風清揚」，這就是馬雲特別欣賞的風清揚的「出手無招」。

九月十日是教師節，也是馬雲五十四歲生日，還是阿里巴巴創立十九年的紀念日。阿里巴巴集團創始人馬雲發出題為「教師節快樂」的公開信宣佈：一年後的阿里巴巴二十周年之際，即二○一九年九月十日，他將不再擔任集團董事局主席，屆時由現任集團CEO張勇接任。①

① 楊越欣《馬雲宣佈漸進式退休　風清揚終於「事了拂衣去」》，鳳凰網，二○一八年九月十日。

馬雲喜歡看金庸小說，金庸的江湖，退休是最奢侈的事。在小說裡，練成絕世武功不是最難的，稱霸武林不是最難的，三妻四妾七個老婆也不是什麼難事，最難的是大佬們退休，都是各有各的難處。風清揚貌似是退了下來躲到華山後洞當老師了，但那是退隱，不叫退休。

馬雲交棒張勇後，是否會像他最喜歡的金庸小說人物風清揚一樣選擇「隱居」，從此不再過問江湖之爭？馬雲一直都有俠客情節，在和王菲合唱的《風清揚》中，有一句歌詞：「一個個事了拂衣去，深藏身與名。」

當天，馬雲登上了飛往俄羅斯的飛機，他要參加次日在符拉迪沃斯托克市舉行的第四屆東方經濟論壇。不知道馬雲有沒有在飛機上切生日蛋糕，反正他是要去俄羅斯分塊大蛋糕了。第二天，馬雲宣佈與俄羅斯國有基金、俄羅斯「騰訊」、俄羅斯「移動聯通」成立全球速賣通俄羅斯公司。過去五年，馬雲打造了中國的淘寶，未來五年，馬雲要打造世界的淘寶「全球速賣通」。

劍走偏鋒，馬雲還是那個「風清揚」。

跋

一口氣同時出幾部書，是需要才情的，蔣連根老師有此才情，可貴，我更佩服的是他的研究苦功夫。

我說的是蔣老師幾十年做記者的耕耘和在定性研究上的造詣。蔣老師的書，是紮紮實實的二十年定性研究（qualitative research）。通過深度訪談（In-depth Interview），通過滾雪球抽樣調查（snow ball sampling method），此書所展示的是他厚積薄發的幾十年所獲，是他深入瞭解金庸的不為人知的另一面真實人生。

滾雪球調查是一種定性研究的創新型方式。主要是通過社會關係的連結點，層層接近可以接觸到的核心調查人物圈。很多歐美社會學家和社會研究如今都很尊崇這種方式。可惜曲高和寡，這種通過層層接觸核心研究人物方法非常費時費力，而且需要機緣巧合。

從二十世紀八十年代開始，蔣老師不辭辛勞，通過做記者的人際圈子和在出版界的合作夥伴，一位一位地聯繫調查，一點一點地收集積累，如今寫書出版了他調查研究而收穫的故事。在《金庸自個兒的江湖》（香港繁體足本增訂版《金庸的江湖師友》）一書中，可見他調查之細緻，積累之詳實厚重。

通過金庸與家鄉的聯繫和身為記者的採訪便利，他直接對話金庸，從未止步於此，還在世界各處尤其兩岸三地，尋找到金庸的弟妹、兒女、朋友、親戚、秘書，與他們深度交流，訪談，收集資料。受訪人物之眾，體現了此書的價值所在。

訪談的方法之外，蔣老師還進行了田野調查。他走訪了金庸在海寧的老宅，也踏足了金庸更深沉的婺源老家，去考察去觀察去和金庸故里族人一起體驗金庸的過去。

蔣老師的書是一份深度定性研究報告，是基於多元材料的可信賴有價值的研究。他做到了三角證實（triangulation）。他的定性研究方法而言，是多樣的，是豐富的，是創造的，值得每一位定性研究人員學習。

他的常用方法包括了member checking（每次寫作金庸事蹟，都要通過無數金庸身邊的人認可，成書以後把書寄給金庸進行member checking 看金庸是否認可），research resource triangulation（研究資料三角剖分），interviews（訪談，電話，走訪訪談，書信訪談等），field notes（蔣老師曬過筆記），memo（寫作分析），documents（各種報章文書，文字資料），art facts（各種檔文物物品，如他所拍攝的照片，人物走訪手機的藝術品資料等）。

如果能夠收集到這些第一手資料，蔣老師一定有很多很多心得。任何定性研究者都沒有「定型」的方法。在於研究者本身的智慧、堅持、忍耐、毅力、變通、巧妙、靈活等等。或許，記者的身份和經驗給了蔣老師開始的契機，但是能夠最後成書，其中辛苦不言而喻！

我看了蔣老師這些年分享的資料和寫作歷程，覺得雖然在中國，定性，也叫質性研究（qualitative research）年會才開第四屆。其實這種研究方法早就已經被蔣老師深度採用在此二書的成書過程之中，遠超歐美社會類研究者的二三年的粗調研。

最後，本書是蔣老師跨躍兩個世紀的「舊學」「新作」。他說這部書叫《金庸自個兒的江湖》（香港繁體足本增訂版《金庸的江湖師友》）。

黃婷

於美國明尼蘇達雙城大學

二〇一九年年十二月三日

（黃婷，旅美博士，畢業於美國愛荷華大學和羅徹斯特大學。現任教於美國明尼蘇達雙城大學，研究方向多元，主要為定性研究、種族歧視研究、中文教育、社會文化理論、古典文獻等。）

心一堂 金庸學研究叢書

《金庸武俠史記〈射鵰編〉三版變遷全紀錄》 王怡仁
《金庸武俠史記〈神鵰編〉三版變遷全紀錄》 王怡仁
《金庸武俠史記〈倚天編〉三版變遷全紀錄》 王怡仁
《金庸武俠史記〈天龍編〉三版變遷全紀錄》 王怡仁
《金庸武俠史記〈笑傲編〉三版變遷全紀錄》 王怡仁
《金庸武俠史記〈鹿鼎編〉三版變遷全紀錄》 王怡仁
《金庸群俠身心靈診療室——蝴蝶谷半仙給俠士俠女的七十七張身心靈處方箋》 王怡仁
《金庸武俠史記〈書劍編〉〈碧血編〉——探尋金庸的修訂心路》 辛先軍
《金庸武俠史記〈白・雪・飛・鴛・越・俠・連〉編——探尋金庸的修訂心路》 辛先軍
《金庸商管學——武俠商道（一）基礎篇》 歐懷琳
《金庸商管學——武俠商道（二）成道篇》 歐懷琳
《金庸小說中的佛理》 鄺萬禾

《金庸雅集——武學篇》　寒柏、愚夫

《金庸雅集——愛情篇影視篇》　寒柏、鄺萬禾、潘國森、許德成

《金庸與我——雙向亦師亦友全紀錄》　潘國森

《金庸命格淺析——斗數子平合參初探》　潘國森

《金庸詩詞學之一：雙劍聯回目　附各中短篇詩詞巡禮》　潘國森

《金庸詩詞學之二：倚天屠龍詩　附射鵰三部曲詩詞巡禮》　潘國森

《金庸詩詞學之三：天龍八部詞　附天龍笑傲詩詞巡禮》　潘國森

《金庸詩詞學之四：鹿鼎回目　附一門七進士叔姪五翰林》　潘國森

《話說金庸》（增訂版）　潘國森

《總論金庸》（增訂版）　潘國森

《武論金庸》（增訂版）　潘國森

《雜論金庸》（增訂版）　潘國森

《金庸家族》（足本增訂版）　蔣連根

《金庸的江湖師友——影視棋畫篇》（足本增訂版）　蔣連根

《金庸的江湖師友——作家良朋篇》（足本增訂版） 蔣連根

《金庸的江湖師友——師友同業篇》（足本增訂版） 蔣連根

《金庸的江湖師友——學界通人篇》（足本增訂版） 蔣連根

《金庸的江湖師友——明教精英篇》（足本增訂版） 蔣連根

《金庸的江湖師友——金學群豪篇》（足本增訂版） 蔣連根